一个人的时尚旅行

SHIN' S TRAVEL LOOKBOOK

希望你跟着我的时尚旅行，也找到为自己做决定的勇气。

题记 —— 黄诗茵

感谢爸妈支持我一个人旅行，感谢旅行巧遇的美好人们。感谢妹妹 April、弟弟 James、维苡、帖帖、小叶、孝宽、Tony Chen、Tao Liu 及可爱的编辑徐珏。感谢跟着我一路旅行自拍的相机脚架。

目录

CONTENTS

春

夏

秋

冬

序

P r e f a c e

拉上办公室的门，我知道我不会再回来了。在纽约曼哈顿中心的时尚街区（fashion district），我搭电梯下楼，走出过去好几年里每周五天、每天至少八小时的工作。情绪有点复杂，不安、难受，当然也兴奋。自由是我最大的筹码，抬起头继续往前走，于是我为自己做了个决定。决定改变，决定鼓足勇气，决定开始这场为期一年的、只属于我一个人的时尚旅行。

想到哪里就到哪里吧，我希望自己成为想象中那样帅气，订好机票带着相机脚架，准备前往第一个目的地。从旅途中发现的手作小店开始，到等待出名的新锐设计，还有许多旅程中搜刮的纪念品、私密小巷中的意外咖啡店。用最贴近生活的心情，去搭配旅行中每一天的穿着，将一些搭配巧思跟某一个景点的联结，我想那是对时尚有兴趣的你懂得的游戏。作为一个旅人，深入感受第一次到某个城市的新鲜。

我的生活是种旅行，热爱收集时尚线索，用来记录生活。

四季的轮替搭配着时尚的换装速度。印花裙摆挑动着奈良锦簇的春樱；初夏的巴黎还需要一件图腾毛衣来使假期完整；故乡台南吹着夏天的风及有着妈妈二手洋装的嫣红；早秋的上海，是能穿着薄雪纺衬衫骑自行车的温度；皮制的乐福鞋，踩落东京都市中心一地的秋枫；而在住了十年的纽约，我还是穿着那件混纺的羊毛长大衣过冬。

我跟随时尚的灵敏嗅觉，记录眼中所看到的世界。跑遍光景各异的各大时尚城市，东西方的语言差距，借由时尚的观点开始有了交集。

我期待发现，也期待被发现生活自由的状态。欢迎你，加入我一个人的时尚旅行。

第一章

春季系列
奈良

第一节

在樱舍穿李鸿雁的印花长裙

在奈良，满天的樱飘雪创作出令人忘了呼吸的春天。

近畿地铁出来后右手边的商店街，并没有太吸引我，倒是掏了钱买了几口麻糬，边吃边走。一间间的町屋分两侧排列，散步起来相当舒服，回过神来深呼吸几口奈良的古早味，拖着箱子转进老街区的巷弄里。

樱舍，距离观光区有些距离，恰好的宁静，带点儿人文气息，混着隔壁咖啡店的香气，给人一种相当安心的感觉。我不是太习惯地鞠躬推开了门，“诗茵桑！”好像已经等我很久了，佳代子是这里的老板娘。夹杂英、日文的一阵寒暄后，她告诉我今晚的房间在二楼。

佳代子与女儿把重新改建的老屋经营成了一个温馨、舒适的寄宿家庭（home stay）。保持传统和式庭园的木造房，两层楼榻榻米的卧室围绕。二楼的“风”（Kaze Room）有个迷你厕所，俯瞰庭院的阳台，嘎嘎作响的小楼梯；一楼的“花”（Hana Room）则是正对庭院，把纸门一拉，就能拥有直视院子的私人空间。另外同样位于一楼的“月”（Tsuki Room）稍微小一些，此行我并没有真的住过。佳代子用最贴近生活的方式招待着客人，“什么时候用早餐”、“还需要一些绿茶吗”、“请慢走”、“欢迎回来”，也很擅长使用英文沟通。我对樱舍的温馨印象多半来自于她。

脱鞋穿过日式庭院，一个木头小楼梯通往日剧里出现的场景，带有阳台的榻榻米和室，也就是名副其实下榻的房间。正襟危坐的几分钟过去后，本性开始按捺不住。对于这个预料中的场景，我开始在房间里演起《萤之光》的滚床铺戏码、一连串的大和剧片段、哼唱椎名林檎的《茎》。印花长裙加上素色毛衣的打扮，模仿《圈套》里面的天才魔术师山田苦思拆穿凶手的真面目。

樱舍

地址： 1Narukawacho,Nara 630-8335 Japan

网站：www.guesthouse-sakuraya.com

就在第二天早上准备家常早餐的席间，她发现我的指甲是粉白格子的，然后发出了日剧里才有的长长惊讶声。我告诉她我是做与时尚相关工作的，于是她又开始称赞起我的印花裙子。

素色毛衣：H&M，印花长裙：独立设计师品牌李鸿雁（Helen Lee），编织围巾：DIY

不管是不是客套，这条来自上海设计师李鸿雁的印花铅笔长裙，的确在奈良春游时受到高度关注。盛开着花的逼真印花加上条纹背景，以粉蓝色为基底色的设计，来自名为“唤醒”的系列，春意十足。女性化的款式，但佐以具现代艺术感的印花，在背后刻意拉高的开衩，创造出富冲击力的美感。泳衣质地的面料，触感却意外的舒服，当穿着这条裙子的时候，我常感觉双腿被拥抱着。据悉，这裙子上的花是设计师在自家庭院拍摄后作为设计元素的，在奈良春樱团簇的背景下，无疑十分切题。

三天两夜的时间里，我慢慢熟悉了居所附近的地形，开始随性地在巷弄中乱走，没有目的，似乎期待能迷路。

就在距离樱舍拐角不远的巷子里，我发现了一棵这辈子见过最巨大的樱花树。事实上那不能算是一条巷子，准确来说是一个私人庭院的通道，我误打误撞地闯入。在树旁洒扫的老伯说我看起来不是本地人，随后便开始对我友好了起来，要我随便拍照，喜欢的话也可以用手抚摸樱花树。那樱花的触感十分柔软，温柔地散发出专属于春天的香气。于是，时间就在边走边聊中过去，老伯跟着我转弯回到不远的樱舍。

看到我住的地方是佳代子的家，于是跟来招呼的他很熟稔地寒暄起来。我将整理在门旁的行李一手拉起，往车站的那头走去，他们鞠着躬，此起彼落的声音对我说了好几遍要保重，不断重复着感觉好像认识我很久那样，直到回声消失在渐行渐远的街道尽头。

佳代子，樱舍老板娘，我对奈良的温馨印象多半来自于她

第二节

鹿男与美丽的奈良

日剧《鹿男与美丽的奈良》①，给了我对这个地方很多很多的想象。

“会开口说话的鹿、地底翻身的大鲤鱼、来自北方的狐狸”…… 还有，“印象中的奈良人，都是骑鹿上班的”。这些，都是很引人入胜的剧情。

我就选在一个春樱盛开的季节，终于有机会到奈良一探究竟。有着千年古刹的景色，浓浓日式和风，为了这趟旅行，我特别把这部心爱的日剧从头至尾地复习了一遍。希望能在现实旅行中，发现些剧中的痕迹。

①《鹿男与美丽的奈良》日剧，改编自日本作家万成目学的小说。由日本当红小生玉木宏与人气女优绫濑遥领衔主演，科幻的剧情深刻描述奈良古镇以及当地文化的美丽。是我最爱的日剧之一。

野生的鹿满街跑，是我到奈良后的第一印象。日常生活中，除了朋友的猫猫狗狗之外，这算是我与动物最近距离接触的经验。我很惊讶奈良人可以与这些鹿和平共处，即使是在现代的生活里，也能保持最自然的原生状态。这里传说：“鹿，是神明派来的使者，替人类传递讯息给上天。白色有角的鹿，是这些鹿的头领，法力最强，其中还有些可以幻化成人形。”天性浪漫的我，跟鹿有着频繁互动，一回生两回熟，乐在其中。

撇开有很多传统小吃的商店街不说，我最常光顾的竟然是卖鹿仙贝的摊贩。因此，对于拿仙贝喂食奈良鹿的这件事，可以说很有心得。

骑着自行车到邻近千年东大寺的商店街上、花朵含苞待放的奈良公园中、春日大社的石碑林间，我很快地发现这些探头探脑的鹿的踪迹。

东大寺

地址：406-1 Zoshicho, Nara, 630-8211, Japan

网站：http://www.todaiji.or.jp

只要作势亮出食物，马上就会被这些很有经验的“食客”锁定，它们会尾随着你，甚至会不断地点头表示“拜托你了”的意思。

不过，别以为它们都很贪吃。有些很有个性的，就算你大咧咧地坐在它旁边，它也不为所动。“到底是我来喂鹿，还是鹿们在围观我表演喂食秀呢？”突然感觉有点纳闷。有时候习惯静默，也是享受一个人旅行的态度吧。

在这个人、鹿相互礼让的城市中，不管多美好的事情都变得很合理。我刚好赶上了春樱盛开的这些天，在一片粉红色中的奈良，更加神话般的了。

浅咖啡色帽兜大衣：Cheap Monday，水洗牛仔裤：Cheap Monday，橘色针织围巾：DIY，白色帆布鞋：Common Project，灰色毛线帽：Urban Outfitters

第三节

上　春日大社

待在奈良的日子里，我特别挑了一天早起，跳上自行车往奈良公园的最深处而去。那里有个被列入世界文化遗产的著名景点，据说是日本的三大神社[1]之一：春日大社，这个“春”字不知为何就很吸引我，大概是春天的缘故吧，总之我早早就在地图上作了标记。

目的其实也很单纯，就是想赶在开春的清晨，求个御守，替这一年的旅行讨个吉利，也顺道欣赏人不是特别多的大好风景。

①日本三大神社，即指春日大社、伊势神宫、石清水八幡宫。其中以春日大社的漆红色鸟居与石灯笼组成的小道最为出名。

黄色图腾毛衣：独立设计师品牌徐燕辉（Matchbox），水洗牛仔裤：Cheap Monday，
浅黄色相机包：vintage

足以媲美京都稻禾神社中的千鸟居，春日大社密集的石灯笼为上山的小径开道。我特意选择了另一条路，可以站起来脚踩自行车踏板一路攻顶。

神社的外围木笺满布，上面写着捐献者的姓名，那密集的程度组成一面木头的围墙，高耸得像座城墙。幽静的寺院就在里面，我跨着步走了进去。

打着电话、穿戴礼仪服饰的女侍，忙着招待跟我一样早起的香客。各种季节时令的御守、护身符、签诗等在小商铺前一字排开。大部分的人徘徊在此摸不着头绪，究竟选哪个好呢?

“安产守、身体健全守、厄除守……”默念着，于是我决定了，“请给我身体健全守吧，谢谢！”

我同时也要了一个“叶子御守”，青绿色的福袋绣着两匹小鹿，装入白色纸袋中，上面印有大大红色的五个字“上 春日大社”。上，不难理解是上上签，好兆头的意思，女侍向我解释，这个御守有一年之际在于春、欣欣向荣的寓意。不过就我一路前来站着骑自行车，从大腿肌肉紧绷的程度看，这个“上”春日大社，还真的很有感觉。

春日大社密集的石灯笼为上山的小径开道，奈良名产“小鹿探头”

下山的路开始热闹起来，一座一座鸣谢捐献的石灯笼蜿蜒排列，林荫渗入近中午的阳光，我正巧跟一两个熟面孔对上眼。

这些不知何时从石灯笼的空隙间探出头的鹿们，无疑是这条小径上的大好风景。我接着也发现，这里的鹿群相对比较大方，跟在奈良其他景点所遇到的不同。它们对混口饭吃不是很热衷，反而自顾自地在林间行走着，不管我怎么靠近，它们也只是专注自我。

春日大社附近的奈良鹿，是我见过最不怕生的一群

地址：160 Kasuganocho, Nara 630-8212, Japan

我身穿的这件来自独立设计师品牌徐燕辉（Matchbox）的图腾毛衣，上头的几何图腾很有艺术感，百分百的马海毛洋溢着早春的气温，刚刚好很温暖，随性搭上水洗牛仔裤跟最爱的白色帆布鞋，带上同样是黄色系的二手相机包，跟鹿群的颜色有那么点相似。融入春日大社的小径中，毫无违和感。

第四节

和风的味

日式的风格，有自成一派的时尚。在奈良的这段时间，我逐渐有了更深刻的体会，并且爱上了这和风的味。这味道该怎么形容呢？就随意拿我在这儿的一天举例吧。

早晨从榻榻米上醒来，叠好棉被，是对崭新一天的重视。床褥颜色的排列、折叠的方式、摆放的位置，都有其讲究的一套，如果是道道地地的日本人就更不用提了。进、跪、卧、坐，言谈之间不胜枚举的礼节敬语，这恐怕不是旅行至此就能马上学得来的。而奈良除了保存着古朴的市镇景观，连这一整套和风的味也完整地流传下来。人与人的接触显得礼貌并且单纯，不需要比较最新的穿着，也不需要名表、名车、名鞋来衬托。在这里的人们，对他们来说，认真地过生活，是最时尚的一件事。

中谷堂：日本电视台推荐的人气菓子店，现捣的绿色外皮加了艾草，值得推荐
地址：29 Hashimoto-cho, Nara 630-8217 , Japan
网站：www.nakatanidou.jp

稍事整装后，我轻轻地出门。生活感颇重的商店街那头，有间我很爱的麻糬店，二话不说，决定再度前往。远远地，就可以听到木杵捣着臼的节奏，和着爽朗的吆喝声“嘿……喝……嘿……喝，嘿……喝……嘿……喝……”我有意识地加快了脚步，因为当吆喝声变快的时候，就表示最新鲜的一批麻糬要出炉了，晚到的就只能望着售罄的牌子干等了。

虽然边吃边走感觉不甚礼貌（至少在这儿是这样的），我还是很心满意足，咬着裹粉的赤大福，朝奈良人口中最美的地方 —— 冰室神社走去。

没有亲眼见证过冰室神社的美，特别在春天，就不算是真的到过奈良。

粉色樱花如瀑布般飞泻，一股和风阵阵吹拂。这神社的规模当然不能和春日大社相比，但隐秘性极佳的院里，被颜色深浅不同的樱花品种簇拥着。就单单凭着这红的层次，就足够让我按下无数快门了。

冰室神社：奈良人口中最美的神社，最佳赏樱地点
地址： 1-4 Kasuganocho, Nara 630-8212, Japan

素色毛衣：H&M，高领内搭：Uniqlo，狐狸印花长裙：Deyrolle for Opening Ceremony，编织围巾：DIY

并不想用赶路的行程去用力填满每一天，至多两个景点就够了。我反而想多花点时间去发现奈良、发现这里更多的日式风味。在回奈良住处的路上，我放弃骑自行车，远远地尾随着身穿和服的妇人，虽然我们没有交谈，但我只是想从背后看着她，脚蹬木屐摇曳的身姿，那样小心翼翼而引人入胜的美好，让我仿佛回到了外公年轻时到日本求学的那个年代。

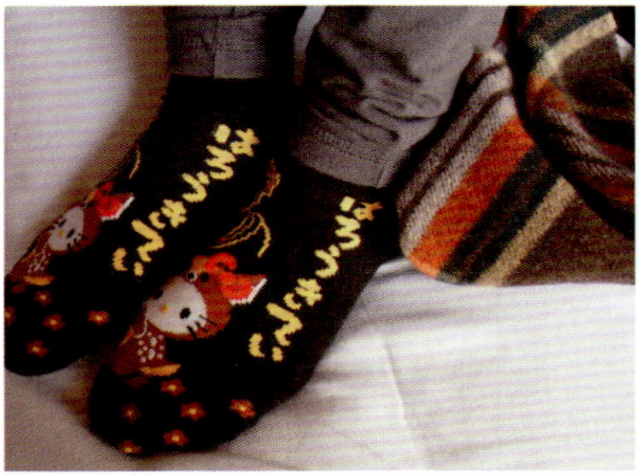

Hello Kitty 奈良鹿限定版 —— 日式风格，有自成一派的时尚

最后发现自己被“温泉”两个大字吸引过去，早听说奈良的水质纯净，很多大众浴池都是天然涌泉。站在和风的门帘前我心想，泡个澡就这样结束一天，也真好。

第五节

最灵验的姻缘签

跟当地人交谈时获得了一个重要的流行情报：在奈良有一个抽姻缘签（结缘）很灵的神社，连日本女星绫濑遥都要利用拍摄《鹿男与美丽的奈良》的空当，前往问卜。

坐落在安静的奈良町，御灵神社是观光客较少的景点。很容易被错过的巷子口，没有特别明显的路标，你以为没什么看头的话那就错了。很迷你的神社像个民宅的后院，这就是情报中所指的恋爱神社，就是我要找的地方！高过我的外墙，额头碰到挂满祈福纸片垂落的二叶松，发出沙沙的声响，还有只能容下几个人错身的神社大门，于是我迫不及待向内窥探。

一座神坛、两只灯笼、三棵开得茂盛的樱花树，包括我和洒扫的老伯，院内总共才四个人，连移动的脚步声都可以听得清清楚楚。来了两个看似情侣的年轻人，我做出你们先请的手势，他们微笑地点点头屈身向前。其实，我也是想看看他们怎么做，才能抽到最灵验的姻缘签。拉着绳子摇摇铃，拍两下手低头，心里默念着愿望许久，我有样学样地完成了这些动作。神坛的右手边，在捐献箱上面的小盒子里，排满许多印有穿着和服娃娃的签，应该就是这些了吧…… “你们可以抽签了，请吧！” 老伯终于按捺不住开口说话了，突如其来的应答，我们三人不约而同地“嗨”了一声。

御灵神社：情报指出，这是当地抽姻缘签很灵的神社
地址：24 Yakushidocho, Nara 630-8321, Japan

黄色图腾毛衣：独立设计师品牌徐燕辉（Matchbox），水洗牛仔裤：Cheap Monday，
浅黄色相机包：vintage

SSSHIN 有型观点：在旅行中有时重复穿着同一件衣服，习惯的熟悉感特别温暖，也正图个方便

事实上，我的日文程度并没有好到可以细细品味一首签诗，反正上面写的是“吉”，肯定就是抽到好签啦，心里抱着“希望很灵……”的愿望走回街上转了个弯，看见日剧中出现过的场景就在眼前。

我从屋顶上倒挂的红色猴子，认出这个场景就是剧中“鹿男的家”，它算是邻近的几条老街区里非常有味道的一间町屋，原来现实生活中是个文物馆，里头藏有许多关于奈良的历史及传说。红色的猴子（身代り猿）有祈福避邪的作用，从小到大倒过来的猴子，组成了一串一串红色的门帘。这充满玩心的吊饰，在我的心里又不知道替奈良的神话色彩添加了多少分。搞不好我的鹿男就在下一个转角呢！

奈良文物馆：日剧《鹿男与美丽的奈良》拍摄场地
地址：50 Noboriōji-chō Nara 630-8213, Japan
网站：www.narahaku.go.jp

接着，竟还真的让我在路上遇到了！“只不过这鹿男是，‘鹿’+看鹿的‘男’高中生……”

我直直地盯着正在逛商店街的那只鹿，似乎有那么一瞬间有它会开口说话的错觉。

趁我还没出现太多自嗨的症状前，这趟春游就在我把当地大小神社由内而外慢慢地品味过一遍后落幕。虽然我的姻缘签在奈良没有真的发挥作用，但期待到旅行的下一站，随即能派上用场。

第二章

初夏系列
巴黎

第一节

一座铁塔的傲慢与美丽

法文赋予了巴黎铁塔一个女人的角色。作为代表，这个女人很傲，她的眼光比其他地域文化的女人还要高。对于生活，无止境地追求美感，随时随地举止优雅。时尚，则是她的信仰。

巴黎女人的穿着，很注重颜色选择。不穿太亮的颜色，偏爱大地色系，如黑咖啡色、象牙白色，或者介于这两者间的各种色阶。款式通常简约，一件印花衬衫、长裙、平底鞋，喔，当然还要一顶贝雷帽。因为她不需要太多装饰来撑场面，除了傲慢的气质外， 就是浑然天成的美。

我选在游客较少的早晨，在铁塔外围走一圈，希望能发现更隐秘的拍照地点。正对塞纳河的那一面，几辆游览车刚过桥还没停妥。绕到花园侧面，重装的法国警察，看起来正在交接。经过战神广场，避开渐渐聚集的人群，转进旁边的小巷中吧。

Shin 摄于艾菲尔铁塔旁，公园内的小巷（Allée Jean-Paulhan）

Mémorial National
de la Guerre d'Algérie

人脸印花衬衫：vintage，黑色丝质长裙：Comme Des GarÇons，松树绿平底鞋：vintage，黑色贝雷帽：agnès b

小巷中的房子很高级，不过这也难怪，就在铁塔旁边嘛。想象住在里头的巴黎女人，正在从水手领的丝质上衣和二手印花衬衫之间，做出选择。

初夏的温度刚好，也真的不需要太多装饰来撑场面。直觉选择了印花衬衫的我，分别在耳朵后面、脖子两侧，以及手腕上喷了柑橘基调的香水。吸了口气，走入以铁塔为背景的街道上。

大方地展示自己的优雅。“那份傲慢与美丽，我还必须向巴黎女人学习。”

第二节

时尚摄影师的蒙马特公寓

在巴黎，初夏的光影跟时间一样变得很长很长。

刚好租的公寓坐落在蒙马特的山丘上，一个邻近圣心堂的小地方。我跟往常一样，拿着胶片相机四处乱晃。由于距离巴黎市中心有点距离，近中午的上坡的街道没怎么喧闹，反而只有我按下快门的咔嚓作响。

突然有个声音："你用的是胶片吗？那台相机真是专业的型号啊。"我转头，一个牵着狗的老爷爷微笑着。他用带有浓浓口音的法式英文自我介绍，喔，原来他也是个摄影师。虽然绝大部分的对话内容我似懂非懂，但我确定，六十年前他在纽约的工作室，跟我现在住的曼哈顿公寓，是在同一条街上。嘿，算巧合吧，于是我们就约定了两天后的周四下午一起喝

杯咖啡。

再见面的时候他带了礼物，一本时尚摄影大师盖伊 · 布丹 (Guy Boudin) 的迷你摄影集。在贴着红色标签的那一页，他很熟悉地翻开，指了指当中的唯一男模："那是我，六十年前的我。送给你作纪念。"喔，原来他不只是个时尚摄影师[①]，还是个模特。

曾为许多国际时尚媒体拍摄大片，法国摄影师 Isi Veleris 出生于比利时，后辗转旅行纽约多年，现定居巴黎。作品《华盛顿广场之吻》（Washington Square Kiss）等，曾一度受到欧美文化圈的重视。从时尚摄影大师盖伊 · 布丹的助手做起，自学拍照技巧，逐渐培养出专属的抽象视角。最有名的，是一组模特脸上戴着看似流动、半透明塑料面具的照片。用同样细腻的手法，拍摄音乐人约翰 · 凯尔（John Cale），其作品诡谲多变的视觉效果，成为了当时专辑的封面。

①我随后上网搜了他的名字，证明确有此人，时尚摄影师 Isi Veleris。

Shin 摄于清晨的蒙马特“雾巷”（Ailee des Brouillards）

粉紫色风衣：vintage，水洗牛仔裤：Cheap Monday，粉色迷彩球鞋：Nike AirMax，
浅黄色相机包：vintage

巴勒达托，史努比狗

Isi 帮我用拍立得拍的照片

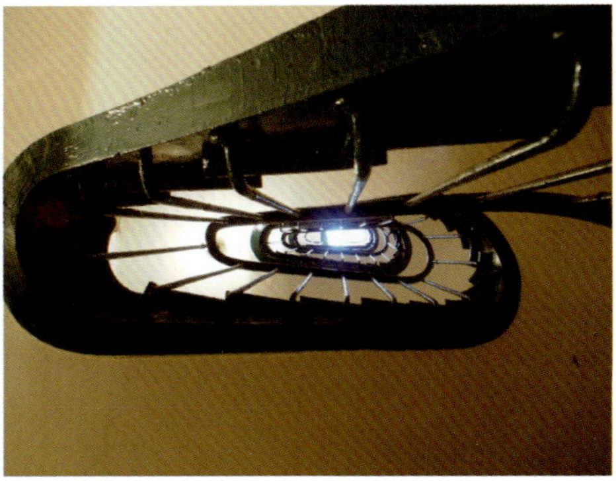

多少了解了这个牵着狗的老爷爷，我开始对他的经历产生了兴趣。聊着巴黎时装周、胶片相机、摄影师等等，还有我们在纽约的住所曾在同一条街上。于是他邀请我到他在蒙马特的公寓坐坐，反正就在咖啡店对街的转角。

输入大门密码，进入的是另一个空间，很自我，很巴黎，很能满足我对蒙马特艺术家生活的一切想象。旋转楼梯带我上了顶楼，一个不大不小的公寓，乱糟糟的。墙壁上挂满了大小不一的照片，有人像，有风景，还有很多情绪。

他拿出很多很多的作品跟我分享，乱糟糟的。“喔，原来这个照片在这里啊！”他惊讶地发现，我只是在旁频频点头，观赏着他执着的各种乐趣。我喜欢他谈论着帮多位女朋友拍摄的照片时那种沾沾自喜的眼神，是法国男人不论多大岁数都有的魅力。

红色的茶壶热气腾腾，他边泡茶边用拍立得帮我照相。他送了一张给我，揉掉了一张，最后一张留在茶几上。我决定两天后的周六下午离开巴黎，接着我们会用很复古的书信方式保持联络。

有了忘年笔友之后，每当我想起蒙马特，记忆会回到那天下午。如果让我来当向导，我会向朋友介绍这个公寓，它是全巴黎最棒的景点之一。

坐在圣心堂前的台阶上轻易就能把巴黎尽收眼底

第三节

在古董名牌堆里生活着

托妮亚 · 达里（Tonia Dary）有个令人羡慕的职业，古董名牌服饰收藏家。她有着一头火红色的头发、一间红色招牌的古董服饰店，店内的所有墙面也都漆成红色的。说起她的这间店啊，托斯卡服装古着店（Tosca Vintage），虽然不是位于巴黎的购物中心地带，但在新兴巴士底区附近的小巷子里，也足够耐人寻味的了。

遇见红色的她，是在初夏的午后。我一如往常地骑着 Velib①，在巴黎的巷弄里乱闯，这是第一次经过勒德吕 - 罗兰（Ledru-Rollin）地铁站附近的商店街，我刻意放慢了速度，四处张望，不停地搜索着有趣的小店。一间红色招牌的古董服饰店，吸引了我的目光。停好车走向前，从狭小的门缝探进去，哇塞，满屋子的衣帽鞋包，就像快要溢出来的那样，真的，一点都不夸张。一头火红色头发的她，就坐在像座小丘的古董名牌堆里。

古董名牌收藏家托妮亚 · 达里坐在她满屋子宝藏的古董服饰店里

① Velib，巴黎市的自行车出租系统。

“这个店里的东西是我花了超过五十年时间的收藏，欢迎光临。”她对着刚进门的我说。

“哇，真是不可思议。”我一边回答一边视线已经落在一双带着油画笔触的彩绘厚底靴上。

她微笑着说：“你的眼光不错啊，这是我找巴黎艺术家合作的作品。”于是，她开始滔滔不绝地念叨下去了：“挂在窗户上面的是我在意大利旅行时找到的刺绣手包，手提链子的部分是琥珀你知道吗？”“我喜欢玩偶，

还有童趣的印花。”她说到哪我看到哪。

古董服饰店我也不是没去过，但遇见像她这里这么夸张拥挤的陈列，倒还是第一次。虽然收藏数量惊人，她还是能一一细数，如果硬要用个词来形容这个空间，应该就是乱中有序吧！我眼尖地发现了一顶造型奇特的

网状帽子，她可以在第一时间，从不知道哪里变出另一个惊人的娃娃脸手包，推荐我用同色系来做搭配。透明的高跟凉鞋，钻石形的鞋跟切割，看来很像某个名牌，她说是来自米索尼（Missoni），凑近一看果然不错。旁边挤了一双波点的则是迪奥古着（Vintage Dior）。

不要小看这杂乱的空间，里头确实隐藏了很多全世界仅此一件的古董名牌。而让我更好奇的是，到底是什么样的热情，支撑她花了超过五十年的时间来收藏这些宝藏。托妮亚曾经是演员，对古董名牌服饰的热情来自

于以前的工作环境。她跟当时法国大多数的女星不同，不满足于一成不变的穿着，喜欢颜色鲜艳、造型奇特的款式，多层次的混搭，带着一点爵士年代跟波希米亚风格，很有自己的想法。既然找不到合适的造型师，何不就自己做呢？于是，从二十几岁开始，她担任明星造型师，因工作需要旅行欧洲，让她有更多机会接触各国名牌及古董服饰。她同时也爱 DIY，在复古的小枕头上缝了一个迷你的陶瓷娃娃脸，这两件分别在不同跳蚤市场发现的东西，加在一起就成了一个独一无二的手包。越来越多的发现、收藏、再创造，总之，她很享受玩时尚的各种过程。

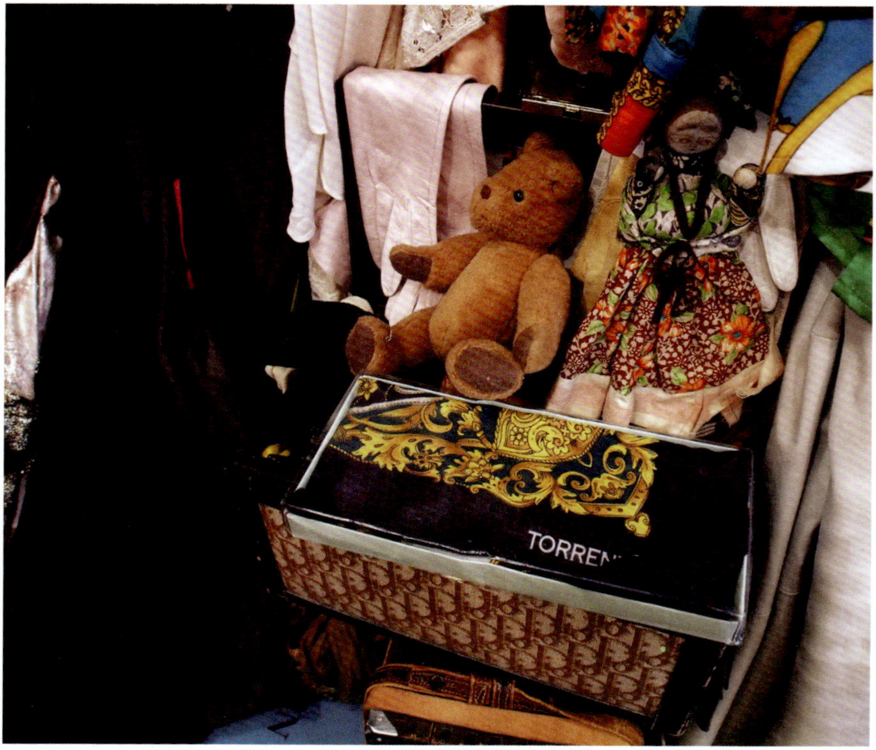

托妮亚 · 达里年轻时的照片

就这样，有了满屋子的衣帽鞋包。她生活在收藏而来的古董名牌堆里，晃眼超过了五十年。

从门口张贴的媒体报道，可以知道有多少设计师、名人、造型师先后到这里淘宝。而我算是非常幸运的，误打误撞就能找到。不过，她最后跟我说，越来越多快销时尚品牌崛起，巴黎的女人对古董服饰已不如以前那般痴迷，所以她有计划要把店关了，虽然还不确定什么时候。

我希望推荐给同好中人，旅行巴黎时能到这间红色招牌的古董服饰店来淘宝，同时也看看一头火红色头发的她，是不是还是坐在像座小丘的古董名牌堆里，继续生活着。

托斯卡服装古着店

地址：1, Rue des Taillandiers 75011 Paris

第四节

穿同一件毛衣吃同一个派

有件蓝色的图腾毛衣，是我一个人旅行时的必备服装，跟着我到过好几次巴黎。不是没有其他的毛衣，也不是懒，严格说起来，我是个偏执的人，一旦习惯了某件衣服之后，总是重复地穿着。而当发现喜欢的甜点时，也会频频光顾。

偏爱法式柠檬挞的微酸味，在巴黎旅行的日子，我总是不断地重复点这道甜品。左岸学术气氛浓厚的圣日耳曼大道附近，其实隐藏着许多带有浓浓巴黎风的咖啡馆，不像花神、双叟那么出名，但少了游客络绎，多了些生活感，是当地学生们首推的聚会场所。其中的蚂蚁咖啡馆（La Fourmi Ailée），就是这样的一个地方。

踏进浅蓝色的店门，柠檬黄的沙发整齐排列，两旁则是摆满法文书的墙壁，其中还夹杂了仿古的人物像跟手绘的乌龟壁画，像座复古却嬉皮的迷你图书馆。挑高的空间里，安静的午后，几桌闲聊的客人笑出了声。

根本不用看菜单，偏执的我早就知道该点什么了，于是用仅会的一百零一句法文：“Tarte au citron, s'il vous plait（请给我柠檬挞，谢谢）。”结果才发现，这里的客人也很偏执，抢在我之前把柠檬挞都吃光了。我只能退而求其次，缓慢地浏览着菜单上的剩余选项，“那就……柠檬黑枣派吧！”我用英文回答。

马鞭草茶，搭配柠檬黑枣派

同样是以柠檬为底的黑枣派，把我爱的微酸跟黑枣的绵密口感，巧妙地结合在一块，没有柠檬挞那么甜，却可以同时享受到由苦转酸带点甜的层次变化。我当下决定点壶茶来配。马鞭草是我从丰富的茶类菜单中随便挑选的，主要也是看重它带着柠檬的微酸味，没想到竟出乎意料地合拍。特别是吃了蘸上一点奶油的派后，喝口茶，甜味更显饱和。我当下就决定了，以后到店必点柠檬黑枣派。

除了食物外，我也偏爱这里挑高的空间。用楼梯区隔出的一小块阁楼，采光良好呈现半开放式，图书馆里才会有的几座小台灯，添了不少重回学生时代的气氛，感觉在这里举行读书会十分恰当。难怪是当地学生们首推的聚会场所。

蚂蚁咖啡馆（La Fourmi Ailée）

地址：8 Rue du Fouarre, 75005 Paris

图腾毛衣：Urban Outfitters，牛仔外套：vintage，黑色丝质长裙：Comme Des Garçons，松树绿平底鞋：vintage，黑色贝雷帽：agnès b

蚂蚁咖啡馆俨然成为我每次到巴黎的必经之处，去的时候总是会看见一个或两个似曾相识的面孔，虽然没有注意到他们是不是穿同一件毛衣吃同一个派。有没有可能这些人也跟我一样，一旦习惯了某间咖啡馆之后，总是重复地光顾，又或者偏执早已蔚为一种时尚？

后记：店名中的 Fourmi 在法文里是“蚂蚁”的意思，想来这里的甜点必须好吃。不过，这是我去了第四次之后发现的事。

第五节

旅途愉快，莫娜

如果可以，我希望随身携带巴黎的美丽。

在离开法国的前夕，我选一天只花在逛圣奥诺思街（Rue St-Honoré）上。以这条街为主，交错而成的时尚街区，不管是念得出或念不出来名字的名品大牌，经典豪华的旗舰店，是很多女孩到巴黎非去不可的景点。

莫娜（Moynat），就排在我欲望清单最上面。1849 年开始经营的百年老店，手工定制出的皮箱，随着轮船、火车、汽车等交通工具的发明，跟着黄金时代的巴黎的人们到处旅行。精致的设计工艺使得该皮箱在 1925 年“现代工业与装饰艺术世博会”上，囊括多项大奖，是当时上流社会最爱的顶级皮件品牌。经过几世纪洗礼，不仅成为巴黎最老的皮件名牌之一，同时也成为经典时尚的代名词。

以我的年纪，不可能体会法国人口中“bon voyage（法文“旅途愉快”的意思）”跟莫娜间产生的联结。但换作是聊“时尚”跟“旅行”的关系，我就比较有心得了。再加上，连续几季时装周，我对这个品牌在媒体上的高出镜率感到相当好奇。因此人在巴黎，到旗舰店一游的行程就显得格外必要。

Moynat- Petite Réjane bag

拉开颇有分量的大门，一股高级皮件的味道向我迎来。气质出众的美丽店员，站在以法国女星名字命名的 Réjane 包前，用极其优雅的身段说起故事。

“这款则是以创始人波琳（Pauline）女士的名字命名，采用高级小牛皮（Taurillon Gex）制成，好皮质的特性会随光线反射出不同色彩。款式设计维持我们品牌一贯的简约，还会考虑到女性人体工学。”女店员温和地说。我接过包时手指滑过皮包表面，也是很温和柔软的感觉。“这个包我以为很重，没想到拿起来却很轻呢！”说着重量带给我的惊喜，接下来我还发现古董行李箱间堆叠出的空隙。“这是十九世纪时为了配合老式行李架的形状而设计的，同样的理念也应用在你现场看到的款式上。当时的火车啊……”听着解释，我开始想象属于那个时代的情景。

深蓝色刺绣露背洋装：&Other Stories，黑色厚底凉鞋：Calvin Klein，
粉蓝色侧背包：Moynat- Petite Pauline bag

设计师在办公室里手绘姓名在 monogram 帆布包上

莫娜 CEO 展示十九世纪的产品： 迷你医药箱

十九世纪莫娜皮制香水瓶上的小牛皮缝线

“古董行李箱上的痕迹可能是来自富豪家族的旅行，或是来自蜜月的爱情印记。”在这个毫无违和感的两层楼展示空间里，每个包都像是艺术品，穿越时间，一件一件组成一部完整的旅行纪事。我很荣幸地被邀请到莫娜的私密空间：位于三楼的设计师办公室，以及在几条街外的工作坊（atelier），深度探访这品牌之所以成为经典，背后鲜为人知的那一面。

尚未成形的 Réjane 侧背包

“这里是工作坊，每一款新的设计都由创意总监拉梅什 · 奈尔（Ramesh Nair）带头执行。作为一个出色且令人尊敬的设计师，从细节着手，强调了必须从莫娜过去的历史作品中找出灵感。”CEO 纪尧姆 · 戴文（ Guillaume Davin）向我介绍着。

从设计总监的手稿，还有这款未成形的 Réjane 侧背包中，我都能发现类似莫娜古董皮箱上手把的概念，只是用现代设计语言转译了红极一时的经典。小牛皮（Calfskin）的缝线、扣环细节等都有迹可循，还有当时应行李架需要设计的空隙，现在演变成包体的弧度。制作一个包至少得花上二十个小时，工艺流程都在工作坊里可以看见。

莫娜是唯一在巴黎市中心拥有工作坊的皮件品牌，撇开昂贵的人员管理费用不说，每一个皮件制作师，秉持着一个人独立完成一件作品的原则，严格把关每一道手工工序。从选色、裁切、双层皮革缝合、手把塑形到包体修边等，精致跟费时的程度，要亲眼看见，才足够了解这个顶级品牌的价值所在。

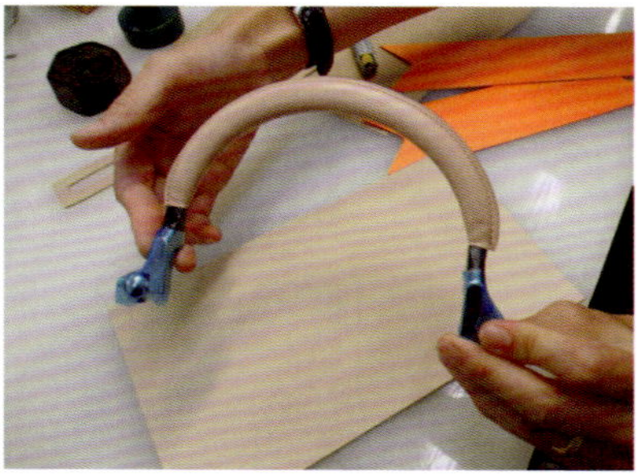

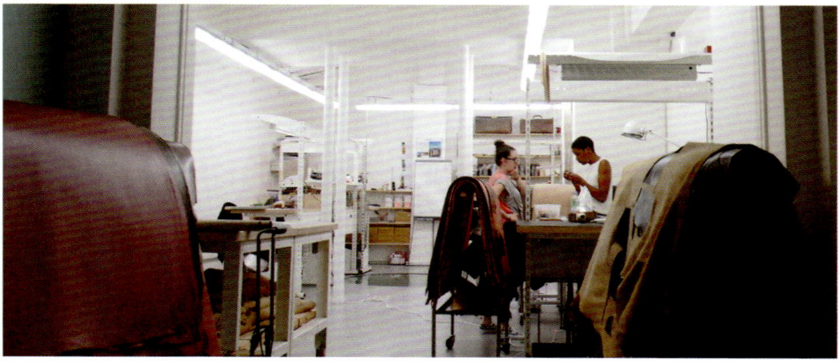

Moynat- Petite Pauline bag

我不会因品牌名声高低而产生偏爱，反倒会先试着了解一个品牌，若真喜欢，才满意地享受消费快感。近看莫娜，我明白了一个皮包要价动辄几千欧元的意义，也能感受到法国人引以为傲的品牌工艺，再细看，我感觉这的确是可以永续流传的皮制品。经过几世纪的洗礼，这品牌还是携带着她专属的法式优雅，屹立不倒。

莫娜的 CEO，纪尧姆 · 戴文（Guillaume Davin）先生

我跟我的 Moynat - Tango bag 旅行巴黎

再次推开有分量的大门走到店外，终于可以在欲望清单上划掉一桩心愿。巴黎歌剧院就在不远处，我似乎可以想象曾经帮客人提着皮箱的门卫被问到对某部剧评价时的爽朗应答，像是体验了一场时间旅行。

莫娜跟巴黎一样，赋予我更现代的女人气息，她让我忍不住想把这城市的傲慢与美丽，一件一件统统塞进包里，带着前往下一站旅行。

莫娜巴黎旗舰店

地址：348 Rue Saint Honoré, 75001 Paris, France

网站：http://moynat.com/en/

第三章

夏季系列
台南

第一节

一个人的时尚旅行从这里开始

在台南，夏天的太阳跟人一样热情，毫不保留地迎接旅行回来的我。

我生长的地方，台南，不管是口腹之欲、巷弄书香、复古情怀，还是人情滋味，都能在这里一 一得到满足。

从小就与名胜古迹、老字号小吃等为邻，培养出“爱吃爱玩”的个性，这也难怪我会如此热爱旅行。台南浓浓的人文气息，深植于这些有历史的小巷弄间，传统的台式文化，沾染着那些曾经的日本味道。在这里生活久了啊，自然而然地就会耳濡目染。我就已被训练出擅长发现新事物的能力，还有一张吃东西很刁的嘴。

“吃不好吃的东西，我宁愿不浪费胃的空间。不喜欢做的事情，说什么也不会勉强自己去接受的。”这是我所谓的“台南精神”。于是，我毅然决然地开始了一个人的时尚旅行。

从台南开始，到世界的另一端，不论是巴黎还是纽约，一年一年经过好几个春夏秋冬。我似乎已经忘了第一次旅行时的激动，但我很清楚，只要每次旅行回到台南，都会觉得这地方好可爱啊，那种亲切感非常强烈。

红色洋装：妈妈衣柜里的 vintage，复古行李手包：vintage，复古手绘低跟凉鞋：Topshop

全美戏院还保留着手绘看板的艺术。这是著名导演李安在台南的学生时代最爱去的戏院

地址 : 中国台湾 , 台南市中西区永福路二段 187 号

SSSHIN 有型观点：只要每次旅行回到台南，都会觉得这地方好可爱

故乡的太阳异常热情，盛夏的蝉叫声，好像把我带回到那个最后长住在台南的夏天。当时的我还是个高中生，不懂得什么是时尚，只知道妈妈的衣柜里有很多很多好货。直到今天，每当在旅行期间穿上妈妈的二手衣被路人随性问起的时候，我都会很骄傲地说：“这是来自我妈妈的衣橱。”

拎着皮箱上路，虽然有点戏剧化，不过却是真真实实地轮番上演着。从游学、留学到流浪，体会着依依不舍到极其兴奋再依依不舍的循环过程，我扮演的旅行者角色，用被训练出来的能力，在生活中去看、去听、去体会，然后记录并且分享着。一个人走遍世界各大时尚城市，而最终却希望保有一颗来自台南最单纯的心。

扶
桑
酒
肆

扶
酒
肆

扶
桑
酒
肆

第二节

偷穿妈妈衣柜里的二手衣

小时候，妈妈的衣柜总是个最令大多数女孩好奇的地方；长大后，却往往变成过时的代名词。不过，也有人刚好相反，越长越大，对妈妈的衣柜所产生的兴趣却越来越浓。我就是其中之一，甚至还觉得是最棒的二手店。我呢，真的每次回到台南的家，就会光顾我妈的衣柜，里头总是可以一而再、再而三地挖出很多好货。

妈妈年轻的时候，比较偏爱修身的款式。例如强调曲线的连身裙、凸显女人味的上衣等等。反正我只要发现能穿得下的，就二话不说，统统搜刮带走。挑到最后，渐渐地演变成，玩起用旧衣服 DIY 乱搭，把衣柜弄得很乱的游戏。

“这样的衣服你敢穿出去啊？”“款式太老气了可以看吗？”“你搭这样会被笑喔。”一开始穿上老妈的旧衣服，就等着被念叨。她对我的穿

衣打扮，可是有很多的个人意见。

曾经就发生过她把她认为不适合我穿的旧衣服，偷偷地再拿回去藏起来的事。印象最深的是有一次，一双从我妹那里过渡来的红色木屐，突然不见了，无论怎么把家里翻过来都找不到，最后，我妈才默默承认是她藏的。几年过去，只有在特殊的情况之下，她才愿意拿出来“借”我穿一下，穿完后很快地她会再偷偷地把鞋子藏回到那个她认为很安全的地方。现在回想起来我们母女两个，还真是如出一辙地固执啊。

横条纹上衣：妈妈衣柜里的 vintage，直条纹裙子（长袖衬衫 DIY 变成裙子）：妈妈衣柜里的 vintage，红色低跟木屐：妹妹那里过渡来的，妈妈很偶尔才会拿出来“借”我穿

我不仅遗传到来自我妈的固执，也遗传到她的穿衣品味。复古中需要有气质，喜欢用印花或颜色做搭配，最后用有意思的饰品点缀一下。

虽然我总是反驳“你不懂啦，我自己乱搭很好看”，却还是深受妈妈的影响。

隐约在小时候的照片里看过妈妈穿着的蓝红横条纹上衣，我一直想找件直条纹的裤子来配配看。可惜找遍她衣柜里所有带条纹的款式，除了这件上衣之外，就只有另一件直条纹的长袖衬衫了。妈妈给我的理由是，穿条纹显胖所以没有太多的款式，这好像也很符合她的穿衣原则喔。

于是我灵感一来，试着把衬衫当裙子。一颗颗扣子从膝盖往上扣，两边长长的袖子由腰头两侧拉到中间，再打个结固定，稍微整理整理，就是一条及膝铅笔裙。作为裙子的衬衫，孔雀绿跟上半身的颜色似乎也能配。脚上套着那双好久不见的红色木屐，再学老妈戴上复古的黄色大耳环作点缀。试图重现在我小时候照片中那个风姿绰约的她。

长大以后经常有人问我，影响我的时尚观点最深的人是谁？我总是毫不犹豫地说："是我妈。"也正因为遗传到她的穿衣风格，在外旅行的日子里，每当穿上她的旧衣服，就会有种很安心的感觉，似乎也就不那么想家了。

第三节

消失的蓝晒图

这是个一年四季都要擦防晒霜的城市。顶着日头，在巷弄里的店家到底在卖些什么，马上就能看得清清楚楚。美好的府城景色也被热热闹闹地烘着，晒出一番只属于台南的滋味来。

蓝晒图，一个很有画面感的名字，刚好是我在骑楼下补完 SPF30 防晒霜①后发现的好地方。第一眼，就被这栋在太阳下晒得晶亮的建筑物所吸引，蓝色的墙上有大面积手绘的家具等室内摆设，等身比例用 3D 由远而近的透视方法，构图在蓝色背景上，标注着尺寸细节。感觉像预备施工的设计，只是完整地从方格纸上转移到了两层楼高的外墙上。

① SSSHIN 有型观点：SPF 防晒系数越高的产品，并不代表就能越好地隔离紫外线，选择适合自己皮肤类型的产品，才是最重要的。专业的皮肤科医生建议，一般在日常生活中使用 SPF15 —— SPF30，就可以达到正常防晒的效果。SPF50 以上的，则较适用于户外运动长时间曝晒的情况。

“蓝晒图位于台南市中心的海安路。十多年前计划在此兴建地下街，因而拆迁民宅老房。过渡期间，钢筋结构暴露，为了视觉美观，于是邀请了许多本地的艺术家、环境设计师进行创作，极力打造文艺氛围。蓝晒图当时就是在台湾新锐建筑师刘国沧①的主导之下创作的作品。而这条路上的建筑，不管在建设工程或是艺术创作的过程中，都已经有过好几次轮替，但蓝晒图却一直被保留下来，广受旅人们喜爱，甚至一度成为台南轻旅行的必经之处。”关于这些听说的事啊，都是在我长时间离开台南之后所发生的，具体是如何变迁就不得而知了。

①刘国沧，建筑师，在台南著名的建筑作品包括安平树屋、佳佳西市场旅店及蓝晒图。擅长以文化的角度，赋予老空间新生命，是我欣赏的艺术家之一。

粉色短上衣：妈妈衣柜里的 vintage，香草色条纹及膝裙：妈妈衣柜里的 vintage , 橄榄绿凉鞋：Trippen

骑车转进这个街区的巷弄里时，不知为何突然有点担心。我其实只是想确认，原本熟悉的这些那些，是否都还安然无恙。海产粥店、米店，还有卖“保证甜”哈密瓜的泰成水果店，数一数，好险，还都在。虽然时间可以改变外观，但不变的是味道。快点，赶紧来上一份久违的香甜。

泰成水果店：传统路边冰果店，台南人喜欢切一盘水果，边吃边聊天

地址：中国台湾，台南市中西区正兴街 80 号

当我再次离开台南，前往下一站旅行时，得知了蓝晒图走入历史的消息，五味杂陈间，我非常庆幸自己曾用相机记录过这里。听说已被刷白的外墙，可能会再有新的艺术创作。但我相信，已消失的蓝晒图，跟很多台南亟待被保留的这些那些一样，是独一无二，怎么样也无法被取代的。

第四节

关于早餐吃咸的这件事

“台南人早餐喜欢吃咸的，都是吃什么？”不止一位想去台南旅行的朋友问过我。

早餐吃咸的，我感觉没什么特别的，不管是中式还是西式，咸口味的早餐其实很普遍。但仔细想想，在台南对“早餐吃咸的”这件事的定义，似乎有那么点意思。相较起台湾北部的早餐习惯，南部人注重在一大早就要吃饱，而到了以美食闻名的台南，早餐不仅要吃饱，还要吃巧。

虱目鱼粥、花生菜粽、牛肉汤、芋粿，或是我最爱的锅烧意面，普遍都会出现在台南人早餐的选单中。

不知道从什么时候开始，台南这个小地方，开始受到大家的喜爱。来自各地的观光客纷纷学习台南人，早餐就吃起菜粽，熟练地洒上花生粉、香菜。卖牛肉汤的老摊贩，清晨排队的客人，是我从小到大都没看过的盛况。

我个人则是喜欢吃锅烧意面，还不到午餐时间，来上一碗热呼呼的，里面有虾、蛤蜊、鱼板等，光想象就知道汤头有多鲜，加上蛋跟有弹性的意面。动筷子之前，一定要洒一点放在桌上小罐里的沙茶粉提味，才更好吃。

在去我以前学校的路上，经过“便当自助餐”右手边的小巷子转进去，有间没有名字的面店，一直是我出外旅行的这几年，经常浮现在脑海中的早餐印象。

小豆豆锅烧意面：我的台南口袋美食

地址：中国台湾，台南市中西区树林街二段 105 号

绸缎拼贴印花洋装：妈妈衣柜里的 vintage，金色平底鞋：台南“年”手工绣花鞋店

这间没有名字的面店，微笑的老板，一直是我出外旅行的这几年，常常浮现在脑海中的早餐印象

这间面店有着正统的台南式早餐，虱目鱼皮汤、鱼肚粥、菜粽跟味噌汤。当然也有面店应有的南部卤味黑白切，放在玻璃柜子里面待选。“妹妹，袂甲啥？”老板笑着用台式国语问我要吃什么，朴实的样子没怎么变，还是一样要我先坐下，吃完再付钱。他可能还是一直以为我是高中生吧。

窄门：我在高一暑假发现的文艺咖啡店，藏身在超级迷你的巷子里

地址：中国台湾，台南市中西区南门路 67 号 2 楼

那如果不转进巷子会怎样？选择另一边，就会通到隐秘的咖啡店，窄门。我隐约记得第一次到这里，是在高一的暑假。偶然路过，发现面对大马路的骑楼下，有条超迷你的巷子，入口的上方挂着“窄门”，看起来容不下两个人错身，当时就有很想走进去看看的冲动。直到现在再经过，还是会忍不住想试试，看进不进得了窄门。

这么多年，大马路还是喧闹，不同的是旁边开起了二手书店，还有巷弄间大大小小的文艺咖啡店，为记忆中的台南倾注更多人文素养。

不知道从什么时候开始，移居台南变成许多富有创意的年轻人的终极梦想。常吃早餐的几个地方，经过媒体的大幅报道，变成了到台南必须朝圣的美食地图，而关于早餐吃咸的这件事，也进化成为一种生活态度，似乎更加有意思。能在这个小地方成长，我很幸运，也很骄傲，虽然偶尔也想自私地保留我的口袋美食名单。

第五节

李安签名书包

军绿色的帆布书包，陪伴我走过在台南的那段穿着白衣黑裙的学生时光。不只是我，还有许多人，对于帆布书包，有股说不上的怀旧情感。这票人，其中也包括了导演李安。

我当时的书包，印着台南人看到都会夸奖的校徽，高中背了整整三年，几乎天天形影不离，是展现清纯气质最好的配件。特别喜欢清洗过后的些微褪色，一道道有层次的绿白，很有生活感，也给人特别用功念书的错觉。

学校同学的书包，好像都是在那间帆布行买的。因为我认得出那里出产的包，边缝的线粗且密、没有包尼龙条布边，背带直接缝在包底，加上金属的扣子跟调整环，形状看起来比较自然。类似这样有点个性又符合校规的书包，曾在台南高中生间蔚为流行。

“永盛帆布行”就是那间店的名字。中正路上往民生绿园的方向走，经过台南最新地标“林百货①”。仔细看，店就在不到圆环的左手边。

我试想，那一年拿到第一座奥斯卡小金人回到台南老家的李安导演，应该也就是跟我一样，循着这个路线，再次发现学生时代买书包的那间店。永盛帆布行还保留着拥有八十几年历史的门面，斑驳的石子外墙上有最早的招牌，红色字的看板写的是变更过后的店名。不算太大的空间，铁卷门边挂满了各种帆布包的类型，里头的几台缝纫机，叽叽喳喳的，发出不间断的声响。

林百货：台南旅行新地标

地址：中国台湾，台南市中西区忠义路 63 号

①林百货：全台湾最早的一间西式电梯百货公司，在日治时代到这里逛街是最时尚不过的了。经过精心整修，在 2014 年重新对外开放，迅速成为现在到台南旅行的当红景点。台南人总习惯叫它“五层楼仔”。

永盛帆布行：李安导演学生时代买书包的那间店

地址：中国台湾，台南市中西区中正路 12 号

虽然只是一个小作坊的规模，但从每个师傅都快被身旁的半成品淹没的情况看来，所接到的海量订单、受欢迎的程度可见一斑。“可能是因为门口挂着李安签名书包的缘故啦。不过我们这里出产的包，说真的品质很坚固、耐磨，帆布的品质从以前就是用最好的呢。做这么久了，从来没有客人回来抱怨过呢。”老板娘说着说着，谦虚的表情随着上扬的嘴角，透露出一点点的骄傲。

她接着说道，“我们这里的师傅都是老手，不用分工合作，一个人完成一个包，负责到底。从挑布的颜色、配什么背带、到 logo 车哪里，这样才知道细节要怎么修比较漂亮。欸，看你喜欢什么样都可以按你的要求做，不过要提早两个礼拜预定呢。”我听出这话里的品质保证、量身定做、一包难求，还有好怀念的台南腔。

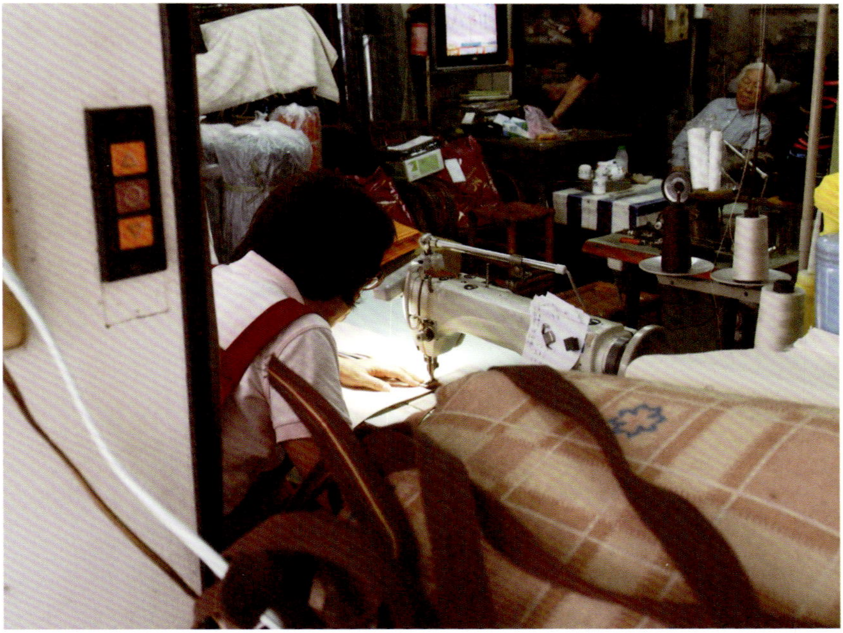

永盛帆布製

说真的，高中的书包保留到现在，除了曾经洗过的褪色外，没有任何脱线或是损坏。相较店里铁卷门边挂满的，新的包包多了一个 logo，上头写着“永盛帆布制，台南、中正 12”。是这里的地址，也象征着对出产品加上封印的自信。

可能是受到门口挂着的李安签名书包影响，于是我预定了一个配色类似的包。

象牙色的帆布当底，深蓝跟红色相间的背带，长方形的大小，装下笔记本电脑刚刚好。离开那间店经过斜对角的“台湾文学馆”，突然发现建筑物的颜色很巧地好像跟我预定的包很类似，直觉是个好兆头。

趁着新包包完成还需要一些时间，得赶紧把在台南想吃想玩的大小事统统办了，在我还没有太舍不得离开这里之前，算算也没剩多少天了。

台湾文学馆：原台南市政厅，现藏有台湾重点文学作品，定期举办艺文展览

地址：中国台湾，台南市中西区中正路 1 号

第四章

早秋系列
上海

第一节
田子坊老街拍

第二节
塞莉亚 · B 是个拼贴狂

第三节
唯美车轮上的流行

第四节
aroom

第五节
黑色魔法

第一节

田子坊老街拍

在上海，早秋还是一种可穿一件无袖洋装背着相机街拍的温度。

花一上午，把自己在田子坊里搞丢，即便手握地图，找个有型的路人拍照还比找路来得容易呢。

据有经验的摄影师朋友提供的消息指出，“周末的田子坊是上海热门的街拍景点，没有之一”。穿搭有型的游人穿梭在老巷弄堂之中，背景是晾在一旁还在滴水的衣服，这种潮流渗透日常生活的冲突感，那画面光想想就觉得有趣。

我在上海的家，到田子坊就三五分钟的步行距离。这不是第一次造访了，但面对里头的错综复杂，不是一时半刻能想清楚的。“明明就是刚才经过的转弯，怎么绕了一圈又回到这里？”交杂着居民、观光客、生活、旅途、商铺及我的早晨，没有喧哗，只有一种自言自语的默默。

午饭前的准备时间，厨师还坐在店门口一派悠闲，专注地享受手上的半根香烟

米奇刺绣拼贴洋装：独立设计师品牌李鸿雁（Helen Lee），白色透视平底鞋：Cheap Monday，黑色贝雷帽：agnès b（对，在巴黎也戴这顶）

索性就往看起来不熟的小巷那头走吧，看看今日运气会带我去哪边。后院、工地、花市及屋瓦前，完全渗透田子坊的日常生活。“这里看起来像是要进去私人住家的后院耶……”说着，趁隙偷瞄屋里住的是什么样的陌生面孔。“别忘了要找街拍的对象！”我提醒自己。

李鸿雁（Helen Lee）设计师品牌店

地址：中国上海静安区富民路 172-1 号

网站：http://www.helenleefashion.com

红色米奇丝质衬衫：独立设计师品牌李鸿雁（Helen Lee），米白色透视圆摆长裙：李鸿雁（Helen Lee），白色透视平底鞋：Cheap Monday

一个身穿红衣白裙的女孩从我面前走过，在阳光若隐若现的长廊下，透视感的圆裙摆散发出早秋的清爽气质。当下就决定拍她。

她跟大多数被我询问是否能拍摄的女孩们有些不同，很爽快地答应了，并且有自己的观点。告诉我到那条巷子的巷尾，拍起来应该会比较有味道。于是她选在“居民住宅，闲人莫入，请勿拍照”的告示牌旁摆起造型，看来熟练也很自然。

我邀请她去下一个拍摄地点，她表示没问题，愿意再多花个几分钟时间。走到另一条通往民宅的巷子里，她作势倚在自行车上生活感十足，自信的样子完全无畏投射而来的异样眼光。虽然长得不是天生丽质，但表现起来却不失专业。

我不禁暗暗佩服。在镜头前面总是特别害羞的我，从一开始不习惯露脸的自拍照，到慢慢习惯被拍了，但有时还是会感觉别扭。啊，这样的能力真希望我也能拥有。

在拍摄越来越顺利的同时，人流堵塞到了一种不可思议的程度。我在拍摄结束后问道：

“为什么你那么有自信？”

“很简单，因为就做自己。”

这个答案正适合致在旅行中不断蜕变的自己。

第二节

塞莉亚 · B 是个拼贴狂

如果草间弥生是终极波点控的话，塞莉亚 · B 就是终极的拼贴狂。

第一次在微博上看见塞莉亚的作品，强烈的拼贴风格给我留下了很深的印象。来自西班牙、曾担任 Zara 的女装设计师、以很鲜明的设计风格创立了个人同名品牌塞莉亚 · B，目前定居于上海，将来自伊比利亚半岛的热情，成功地移植了过来。

以马赛克拼贴为概念，同文同种的西班牙设计师大有人在，而且风格不太像是我一般会穿的。但大面积的图腾印花加上鲜艳色彩、不规则的线条以及异材质编织而成的面料等，这些元素完全是我的口味啊。在秋天的上海，我特别选了一个太阳还算热情的午后，登门拜访这位拼贴狂。

塞莉亚·B的工作室，藏在上海市中心南京西路的小区里。一推开平静民宅的铁门，里头别有洞天，各种强烈的色彩拼贴出鲜明的个人风格，不仅仅是在服装上、在家具的摆设上、在庭院的树梢上、在自行车上……在所有的应有尽有上。这情景，让我联想到几年前的一部纪录片《In A Dream》[①]，该纪录片叙述了美国费城的著名地标“魔法花园（Magic Garden）” 的主人，用彩色瓷砖、破碎镜面及玻璃，拼贴出整栋建筑物外墙的故事。

艺术相关的言论我就不自曝其短。简言之，我被塞莉亚对拼贴的狂热打动了：从想法到设计，甚至在生活细节上，一切是如此的偏执。

① 2008 年出品的电影，中文片名为《有梦成真》。纪录拼贴艺术家 Isaiah Zagar 的生活，由儿子 Jeremiah Zagar 担任导演，还有我很欣赏的乐团“The Books”为其配乐操刀，是一部讲述追寻梦想的纪录片。

“你不只是一个拼贴狂，你也是个偏执狂耶！”我手指滑过一件又一件的作品，深有感慨地说。

塞莉亚・B：设计师品牌

网站：http://www.celiab.com

塞莉亚只是静静地在为新设计打版，并不回应我的问题，于是我又重复了一遍。

“啊！我刚刚进入了自己的小宇宙！我啊，就只有一股热情，热衷于我爱的人、事、物，在不知不觉间，就搞成这样啦。”塞莉亚笑答。

接着，她拿起一件拼贴出微笑猫咪图案的上衣，还有各式单品，邀请我不如就换装玩玩。

Ok 啊，我马上挑到这条积木项链，看似幼稚的玩具材质、串珠珠技术，有着第一眼不可忽略的存在感。她在一旁提到在巴塞罗那工作的那几年，深受当地建筑的感染，所以作品或多或少都会沾上些高迪①自然结构的气息。而随着搬迁到上海，转而接受较大众化的审美，在质感跟成本间求取平衡点，希望能让好的设计不再高不可攀。

①高迪，活跃于二十世纪初期的西班牙传奇建筑师。设计理念崇尚自然主义，“直线是罪恶的”是他的名言之一，设计了线条自然的建筑作品，如圣家堂等世界古迹遗产等，间接影响了塞莉亚的创作。

为了搭配这条项链，我选择塞莉亚 · B 早秋系列中颜色较复古的印花洋装，堆叠秋冬系列的 PVC 编织拼贴外套，将拉链拉上展现腰身，洋装自动俏丽升级。再搭配同款的编织水桶包，还有我原本就穿来的渐变色裤袜，尝试着我鲜少涉足的风格。

在看似普通的民宅庭院里，太阳还算热情的午后，我跟着塞莉亚 · B 这个拼贴狂，轮番上阵玩起换装游戏，拿着相机你拍我、我拍你，爽朗地笑着。

复古印花洋装、PVC 编织拼贴外套、积木项链、手工编织水桶包：塞莉亚 · B，渐变色裤袜：Michael Angel，白色帆布鞋：Common Projects

松树绿上衣：Zara，荧光黄印花鱼尾裙：Jil Sander，橄榄绿大衣：Yoji Yamamoto，白色透视平底鞋：Cheap Monday

第三节

唯美车轮上的流行

身为许多国际街拍网站的小粉丝，除了以时尚城市的地标为背景的拍摄，我最爱的题材，就是拿自行车当配件的有型潮人。Bike Chic 这个词，用来形容在唯美车轮上的流行，很贴切。

我认为用自行车代步，也是能最快认识一个新城市的方式。在上海旅行当然也是老样子照做，欸，不过在踏上踏板之前，需要先壮大在路上骑车的胆量，还有闪避车流的技巧。一切就绪，就等着好好享受车轮上秋风拂面、穿梭在新旧景色中的快活。

在上海骑自行车，光说说就很有“感觉”。一天阳光灿烂，穿上最适合季节的行头，让风潇洒吹乱我的头发，在大街小巷中恣意游走。我试图

从街拍摄影师会感兴趣的角度来拍摄，并计划着整体穿搭要保持在同一色系，并在双轮迅速运转下，衣服能有随风翩翩起舞的动感。于是我选择了 Yoji 这件廓形的橄榄绿长大衣，宽松的尺寸给了很大的伸展空间。里头搭上松树绿的 Zara 上衣、Jil Sander 的荧光黄鱼尾裙，黄绿色阶展现十足秋天的气味。衬着思南路笔直一排的梧桐树，树影摇曳，驰骋在车河人流间，别有一番风味。

而每次到上海，似乎都在做一些例行公事，行动范围不是在办公室就是在去办公室的路上。这回单纯旅行，我得好好利用双脚，去踩去绕去找我心目中的城市面貌。

“那么就朝着老上海的街区前进吧！”

美好的小区装满过日子的人们。

避开南北高架桥下的堵，我延着自忠路一路顺畅而行。好奇心带领我闯入大大小小的窄巷，数不清的自行车跟我擦肩而过，相视而笑的瞬间，紧握龙头的双手也变得放松许多。

左转出来，啊，原来是人民路，接上的是……浙江南路……时不时地要停下来确认手机上的地图，还得注意车流……我好像明白了，为什么出租车师傅甚至是住在上海的人们，在这样的迷城里讨生活，必须具备很强大的记忆力和忍耐力。

右转福州路，兴之所至来到了外滩，“然后呢？到底该往哪里走？”突然发现这个问题，不管是在旅行途中或在现实生活里，我似乎不断地提问自己。

不知道经过多少次的停停走走，发现自己已经到了“1933老场坊”附近，曾经的上海工部局宰牲场（据说是全世界保留最完整的宰牲场），时间在建筑上的痕迹被一次性地清理，改建后是现在的创意园区。里头的功能性结构还保留着当时的样貌，像是一座大型的迷宫，坐落在上海这座迷城里，对我而言更有魔力。

上海 1933 老场坊
地址：中国上海虹口区沙泾路 10 号

回程骑过苏州河的时候，我脑中掠过电影里的台词。“这条弯弯曲曲的河一直刻在城市中央，时间像船一样从河上缓缓驶过。我认识个女孩，她就像一条美人鱼，悠悠晃晃地游进生活里。”

我并不是什么美人鱼，身边没有随行的摄影师，更没有伴侣，大多数外出的时候都得靠自己。长期以来一直处在旅行状态的生活，实际上不如表面看起来那么光鲜亮丽。

再次回到老街区，黄昏的阳光好得过分，我随手拦下一个路人，拜托他帮我按快门，记录我自以为的 Bike Chic。以东方明珠为背景，看起来像是 key 上去的那样神奇。

美发用品
锦绣前程

第四节

aroom

这里是我在上海的秘密基地。

aroom 隐身在泰康路充满文艺书卷气的分支——泰安路上。初秋安静的梧桐分两旁排列，是为了铺陈幽静小路间的惊喜。这个口耳相传的小店，是小资女们的秘密。 靠着出租车师傅的精准定位，还无法带我到这里，就算来过了也可能会迷路啊。要一点直觉，更需要一点运气，穿过某个纪念馆的牌坊，我印象中需要往右转，花园里弄的绿色大门，生锈地写着痴痴寻找的店名。

咿呀推开门，是栋老式洋房，aroom 拥有自己闹中取静、专属的庭院以及跨两厅堂的空间，摆满老板旅行世界各地收藏来的纪念品。数量可有小型杂货店的规模。

屋内，整面墙，不，整个屋子，充斥着二手复古的家具物件，布谷鸟闹钟、彩色珐琅茶杯、120 底片机等，细数着旧时光的美好。鲜榨果汁、手工饼干、吸管、纸巾，都被贴心地安置在木盘内，美妙的食物让我有了再想光顾的念头。

在“有故事”的气氛之下，不外乎就是“有故事”的情节正发生着。

无意间我都能听见有趣的对话，“嘿，明天你就戴这顶像赵又廷戴的帽子，然后耍一副酷样。”“然后你呢，就做出一个高圆圆撒娇的表情，ok 吧？”类似电影的剧情轮番上演着。

aroom
地址：中国上海徐汇区泰安路 120 号

我断定，这里是上海文青最爱的聚集地，谈名人故居、微电影或者就只是八卦。续杯果汁混合着不知名的花草香，有意无意欣赏旁人的对话，这样我可以坐一下午。

“这里的老板是做什么的？蛮喜欢他的品味。”我开口问。

跟服务员对上眼神，聊到口渴，接着再续一杯。“老板是一对夫妻，是上海人吧，辞掉广告公司的工作，投入当全职旅人，世界各地跑来跑去的，发现好玩的东西就带回来。这里的小杯小碗都有售价，如果你特别喜欢可以买了带走，随性！卖咖啡茶点只是他们的副业哇，两人结伴旅行过自己选择的生活，超羡慕好不啦……”

我很有共鸣狂点头。

LOVE
AROOM

左一，aroom 超有感觉的店长。右一，某时尚网站负责小组约谈街拍男主角

0
+6
4
-7
3
+5
0
3
1
+9
拍照前如能
征得店主同意，
不胜感谢！

aroom

而“海明威”，也是另一个让我想再来的理由。这只有眼疾的巴哥犬（有自己的宝宝喔），凭听觉在屋里以闹闹撞撞的方式招待客人。经过我脚边时圆圆的脸做出的撒娇表情，任谁都会融化的。接着发现老板在告示上替爱犬写着“不要随意摸我”，贴心的举动，给我再添一笔好感。

还不到有实力选择过自己喜欢的生活的阶段，但选择穿自己喜欢的衣服总可以。随性披着外婆手织的图案外套配上 Alexander Wang 的羊毛长裙，希望多少沾染些 aroom 的生活情调。时间在东摸摸西摸摸中过去，一转眼天黑得静谧，定期再来秘密基地之前，我会像想念 “海明威”那样地想念这里。

针织图案外套：外婆手织，芥末黄针织羊毛长裙：Alexander Wang，白色帆布鞋：Common Project

第五节

黑色魔法

身边的朋友都说上海是“魔都”，在这个城市里任何的不合时宜，都有魔法般的运作逻辑。在老洋房里点一盘心太软①、摸着比欧洲还早上架的那个包、回家电梯开门是能鸟瞰田子坊的大厦公寓，又或者跳上好不容易打到的出租车，师傅个性地不去我要去的目的地。看来是一股黑魔法无误，让我有机会体验不同层次的生活乐趣。

“百度”上写着，“魔都”是上海的别称之一，相对于西方人对上海“The Greatest City of the Far East”、“Paris of the Orient”的称呼。用我的话来比喻就是，“如果花都巴黎是个无止境追求美感，对于体态斤斤计

①心太软，在红枣内塞入软糯糯米的上海著名甜点，是我每次到上海必吃的甜品。尤其是在“老吉士酒家”的洋房里点上一盘，十分道地的好滋味。地址：中国上海徐汇区天平路 41 号

较的女人，那么魔都上海就会是个面对整盘巧克力先吃了再说，乐在当下的少女”。处处充满惊喜。

砖墙印花衬衫：Mandarin & General，内搭黄色高领长袖上衣：Uniqlo，棕色宽版西装裤：Zara，白色透视平底鞋：Cheap Monday，橄榄绿大衣：Yoji Yamamoto（手拿）

而我在魔都旅行期间，少女心还真的渐渐被召唤出来。算不上是甜点控啦，但也养成了寻找好吃巧克力的习惯，很多乐在当下的想法充斥着脑袋。

“不如在离开上海前办个摄影展吧！”

正当我为寻觅展览场地伤透脑筋时，“贝蕾魔法”的出现无疑是场惊喜。说跟着巧克力香发现这儿，未免有些太夸张，但我是被店名吸引进门的。又加上好朋友推荐，到此一游的行程，自然地成为生活的一部分 。

虽然没有实际走访过 “Black Magic”在各地的众多门店，但在上海常去的这几间，就很合我口味了。特别是“红坊店”，选在著名的创意园内驻扎，将黑色甜点结合时尚、视觉，Lifestyle Art 的氛围，与艺术孵化基地紧密相连的店体，似乎是展览空间的延伸。可能黑魔法作祟，踏进店门自然地吞咽口水，一个巧克力蛋糕、一个安静的角落、品味生活的仪式感，一口接着一口。

“如果摄影展能办在这里就太好了！”

驼色手包：Deadly Ponies

以《乒乓》命名的摄影展，是我跟摄影师好友邱于真一起合作完成的作品。同为长期旅居在外的人，亮丽的表象之下藏有许多感觉。不安全感及孤独感，一个人的旅行学会自言自语，甚至出现的黑色幻想，以此为题以编辑摄影的方式呈现。

《乒乓》摄影展 - 摄影师 Yu —— Chen Chiu（邱于真）X 时尚博主 Shin Huang（黄诗茵）

以女性的观点，描述长期旅居在外的不安全感，三个系列分别以时尚城市（纽约）、黑色魔法般的梦境与森林为背景，结合成一部故事性的静态微电影。对于行走在世界各地的两人而言，作品内包含了独自旅行的孤独感、内心冲突及自我对话的幻想情节。由我担任主角及视觉造型，表现形式贴近生活。

网站：http://www.ssshin.com/home/about/project/pingpong

我坐在角落用我专属的视野欣赏着墙上呈现的我的生活。“邪恶 89% 巧克力蛋糕”，搭配蓝莓香的红茶入口。回想一个人的旅行至此，庆幸沿途遇见不少知己，说文艺腔聊有型观点终于也有了沟通对象。季节随我在各个城市间轮转而去，离开上海的日子倒数计时，期待再访黑色魔都，发现更多的惊喜。

“贝蕾魔法（Black Magic）”红坊店

地址：中国上海长宁区淮海西路 570 号红坊 109 幢 D 座

第五章

秋季系列
东京

第一节

秋红了枫

在东京，不论是橱窗里还是窗外风光，都抢先换上了秋的流行色。

不同以往下飞机就直奔购物的行程，我打算多花个几天，抢先把这城市秋意渐浓的线索收集好。于是，我选择在京王地铁井之头线[①]上，到涉谷仅三站的民宿落脚，与东京都市中心保持着恰好的距离，方便移动到各大景点，也刚好能享受日本市井生活的纯粹与宁静。

工作日早晨的非高峰时段，摇晃的地铁车厢里，除了刚逛完菜场准备回家的主妇外，不怎么拥挤。我一派悠闲地坐慢车，任凭这条名字很吸引人的地铁线，将我载向最靠近终点站的井之头公园。

①京王地铁井之头线，好好听的名字。是我多次逛东京最爱最有心得的一条地铁线。沿路停靠的各站自成特色，下北泽、吉祥寺、三鹰之森吉卜力美术馆等文艺区块，都在这条路线周围。

下北沢 明大前 永福町
久我山 吉祥寺 方面
For Shimokitazawa Meidaimae Eifukuchō
Kugayama Kichijōji
1

井之头公园里的季节感，在几部经典爱情日剧的催化之下，变得更红也更加浪漫。我便抱着朝圣的心情，走入靠近户外舞台的枫叶林中，衬着有层次的黄橘红棕，天空的蓝十分清冽。这个曾经出现在剧里，我重复看过不下数十遍的景色，如今设身处地，感觉有点梦境般的不真实。

公园里那位老伯似乎不那么大惊小怪，自顾自地低头沉思着。不过若换作是我，经过好几年的耳濡目染，对于这秋红了枫的美景当前，应该也会司空见惯了啊。

黄色、橘色高领长袖上衣：Uniqlo，绒毛帽子：东京二手店，
日式剪纸印花裙：Comme Des Garçons

不如就问问看吧，我突然有一股想上前与他攀谈的冲动。“你好，打扰了！这景色好美啊！”开始用很简单的日文和他交谈起来。稍微热络之后，我接着问：“能帮您拍张照吗？”

井之头公园
地址：1-18-31 Gotenyama, Musashino, Tokyo 180-0005, Japan
网站：http://www.kensetsu.metro.tokyo.jp/seibuk/inokashira/

汲取旅行至各个国家或地区参加时装周的经验，无论在替谁拍照之前，都必须先征求同意，这算是一条不成文的国际礼仪吧。

“啊，真是非常非常的不好意思，我不上照，万分抱歉。”老伯这么答，不停挥手笑着。我不死心地再问道：“好的，我知道了，但能不能请您再考虑一下，我先到旁边逛逛。”

三鷹の森
ジブリ美術館
GHIBLI MUSEUM, MITAKA
1,100m→

尽管我不断表明来意，一而再、再而三地尝试着，却终究拗不过大和民族的固执。“好吧，我知道了。还是非常非常地谢谢您。祝您有个美好的秋天。”我说完笑着准备离开，老伯随即站起来向我鞠了个躬，我也入乡随俗地回礼。

沿途走回户外舞台的路上我想着，事实上也不是真的必须为那位老伯拍照不可，就只是单纯地想聊聊天、练习日文罢了。

这经历，不禁让我怀念起从前外公教我日文的历历往事，还有些令人回味的片刻已成追忆。嗯，东京的这个秋天不仅红了枫，也悄悄地红了我的眼睛。

第二节

三分之一的下北泽

下北泽（Shimokitazawa），是一个地名、一种风格，也可以是一类生活方式的代名词。

距离我在东京的家，步行只要10分钟，不天天泡在这里，那真的有点难。认识下北泽，应该还是从日剧里吧，但具体是怎么爱上的，我一时也想不清。就只觉得，这里是比东京什么百货都好逛的地方，混合着生活感与复古情怀，浓浓的日杂风，咖啡厅、古着店、小剧场、二手商铺林立。而令人在意的消费尺度，却因邻近明治跟东京大学的两个校区①，价格意外地亲民。

仿佛在都市中心遗世独立的下北泽生活的人们，不管是服装设计师还

①下北泽邻近明治大学的和泉校区及东京大学的驹场校区，应学生族群而生的二手商铺林立，古着味浓。

是路人，都有一套类似的穿衣风格：二手配件衬托独立设计师单品，廓形的上衣搭配蝙蝠裤一路宽到底，然后必须头戴顶毛线帽……不管别人怎么看，这就是下北泽唯我独尊的有型观点。

我更喜欢在夜晚探索下北泽，跟着放学后的学生，边喝咖啡边逛街。遇到喜欢的小店就大方地走进去吧，反正看看不用钱，就花点时间浪费在讨价与还价之间。

Flamingo

“三分之一” 这间设计师小店，就是我趁着夜色，意外中发现的。复古店内华丽又不合时宜的装饰，特立独行的诡谲气氛，很吸引人注意。

一见我进门，晶子从复合式的工作室连忙快跑出来问好，手里还环抱着棉线。开始介绍这个店里的秋季新品，请我不要有压力地慢慢挑选。

“为何店名要叫做‘三分之一’？是因为这间店同时具备三种功能，工作室、陈列室、生产车间。是由包括我自己在内，还有这位优佳跟另一位曾担任过大品牌设计师的同伴所组成的创意空间。”晶子自问自答，滔滔不绝地说明。

优佳紧接着说：“Guri、JI'NE 这两个品牌，加上另一位设计师的帽子品牌，正好是三个。而且这里你看到的产品所使用的布，除了针织是在里头工作室织造，剩下都是三个人花时间在全日本旅行时慢慢找到的。我们喜欢用设计记录旅行，做其他地方没有的产品！”说完她投射过来炙热眼神，我颇为赞同地拿起满是泰迪熊的帽子试戴。

字母印花 T 恤：Yeah Yeah Yeah's，乐团棉 T、橄榄绿大衣：Yoji Yamamoto，眼镜：vintage

除了服装系列，木头的桌面上随意陈列着少女系的项链耳环等饰品，虽然不合我的口味，但我仍能从这些日系杂货中，多少看出三位设计师的态度。

随后我打包了一件带走，这个衣服是用在千叶市场里找到的桌布做成的洋装。衣服上绘有蔬菜水果，黄绿色的底，衬着大地色系的复古印花。价格当然也是蔬菜水果般的亲民，真有点难以抗拒！

晶子跟优佳很戏剧化地把我送到门口、送到大街上，热情挥手说再见。这间名为“三分之一”的店铺，说到底，加起来就是三个人的百分之百了吧。

One Third（三分之一）

地址：Shimokitazawa 2-25-10, Setagaya , Tokyo 155-0031, Japan

网站：http://www.cido-ltd.co.jp

Open 12:00
Close 20:00

第三节

跟兔子喝杯咖啡吧

有过跟女仆、执事，还有猫喝咖啡的经验，今天我决定跟兔子一起。

原宿步行街的巷子里，隐藏在公寓住宅之中有一家疗愈系的新奇动物咖啡店。这是东京众多森林系[①]女孩们口中不能说的秘密基地，它专门竖着跟兔子喝杯咖啡的招牌，吸引了无数跟我一样爱尝试新鲜的宠物迷前来过过瘾。Ra.a.g.f 念不太出来的奇怪店名，上网查，写得是“兔子、长得很快”的意思。哎，冲着这么令人好奇的点，我说什么也要去喝杯咖啡吧。

不过神经质上身，在行前需要做些功课。其实，我就是怕出丑啦，而且也想先打消是否会对兔毛过敏的各种疑虑，才能安心地去赶这趟流行。

① SSSHIN 有型观点：森林系女孩，就是从原宿这里出现的词。到兔子咖啡店的女孩，文艺范儿，穿着以舒服的大地色为主、妆容裸感清透。崇尚大自然，喜欢无害的小动物。

Ra.a.g.f 兔子咖啡（原宿店）

地址：6-14-15 Jingu-mae, Shibuya-ku, Tokyo 150-0001, Japan

网站：http://raagf.com/shop/harajuku/

这栋商住两用的公寓，门口有着动感的各种招牌，我远远看着就觉得是这里准没错。但走近反又不像有兔子咖啡店，顺着有些年头的楼梯爬上三楼，越走越怀疑。

我在一个很写意的 logo[①]前，停了下来。

① SSSHIN 有型观点：Ra.a.g.f 这家店的 logo，很写意地表现出“兔子、长得很……快”

我开始研究起右手边的价格菜单，“跟兔子玩的专门店！ 30 分钟费用是日币 600 元，一个小时收取日币 1000 元。最多可再延长半小时，加收日币 500 元。”嗯……没有看懂，管他的，进去再说。

“等等，真的兔子耶……”开门见到本尊，我还是难掩异常的兴奋，嗓音提高了八度开始提问。

店员解释道：“首先，请选择消费的时间，还有一杯想喝的咖啡饮料。接着再从里面的那区，选择一只喜欢的兔子一起玩，请使用桌上小杯子装的萝卜进行喂食。不过请注意，外面笼子里的兔子因为年纪还小，所以恕不能招待客人喔！”

WATER
しげる
2012.11.11

“那么，请问时间是从什么时候开始算起？”有点在意地问。

店员礼貌地回答：“选好兔子，从抱离笼子开始。”我瞬间慌了①，不知道该选哪一只才好，突然又觉得烦恼这种问题，似乎没必要。“那么，请给我冰咖啡，啊，然后帮我推荐兔子。谢谢！”

嘿，我决定把问题丢给店员。

① SSSHIN 有型观点：强烈建议行前先上 Ra.a.g.f 的网站，把兔子们先认识一遍，避免出现在现场手忙脚乱的状况。

“推荐男店长 UShii（日文‘牛’的意思，因为长得像牛？），或是个性活泼的女店员 Pocky（跑很快）！”最后我邀请跟巧克力棒同名的兔子小姐一起喝杯咖啡。

忙乱中喝了几口咖啡就座，我选择消费的 30 分钟已经所剩无几，都还没适应怎么跟新朋友打交道……虽然它们比我更不怕生。

店员精准地告诉我时间到了，叫了叫 Pocky 的名字，只见它连跑带跳过去。而我也很识相地，拿起店内贴心备好的毛刷清理衣服上的毛，洗手，乖乖买单离场。当然兔子店长不可能亲自送到门外，我下楼走回略嫌拥挤的原宿步行街，独自回味刚才喝咖啡的经过。说来也奇怪，每次到这个城市，都会有种让我重拾少女心的冲动，不轻易说出口的卡哇伊，在东京就算不合我的习惯也变得入乡随俗。

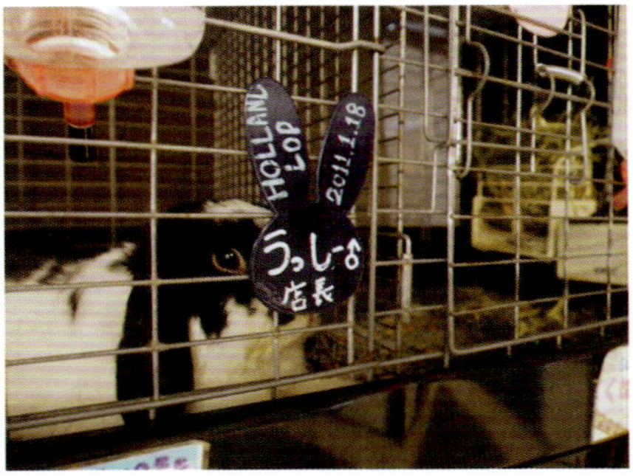

第四节

虚晃一日东京

记得我在网上曾读过一篇文章，提到谷歌地图在大城市的步行速度，因各地生活节奏而有所不同。其中东京人以每小时 5.1 公里， 赢得全世界走路最快城市的头衔。这样的速度到底有多快，我其实没体验过。但光凭地铁过分夸张的拥挤程度来看，东京是一个不容许等待的城市。

站着吃拉面、用手机购物、泡便利商店……在东京就很难不融入这样的步调，去的景点也就那几个，剩余的时间马上直奔特定的地方购物。今日，我决定在这趟行程间放一天假，没有目的地也不需要解释，就虚晃一日看看。

无所事事的行程，就从东京铁塔开始！

我拖到下午才出门，反正就和昨天穿一样也没人认得出来。不用抢座位的地铁车厢，到站心情也明显舒畅许多。还记得上次走出神谷町站巧遇下雨天，夜晚湿气缭绕，当时跟着观光客们沿路撑伞快走，让我没能好好地一窥这地标的全貌。

这次运气完全逆转，无风无雨也无云。取而代之的是懒散的白色帆布鞋，慢慢往永井坂的小坡前进，随着脚步越来越近，眼中的电波塔渐渐露出塔尖直到整个塔身完全出现。我暗自庆幸："这的确是一条很理想的观塔路线。"

虽然巴黎铁塔的高傲，东京的铁塔明显效法不来，但是红白色的塔身对比晴蓝的天空，群青日和[①]的美，就像是哼起的这首歌，完完全全符合我脑海中的东京印象。

①群青日和，群青是一大片湛蓝的天色，日和是煦煦的阳光洒落，天气大好的意思。同时也是我最爱的日本音乐女王椎名林檎的一首好歌。

减速慢行！连东京的街道，都提示整个城市必须慢下来

铁塔赏完了，接下来就到了这个时间！突然《孤独的美食家》[①]上身，我需要找个地方觅食。为了更忠实地呈现我是此剧的大粉丝，寻找带有传统日本味的 B 级美食[②]，是整出戏，哈不，是整个下午的重点。

镜头一拉，我出现在吉祥寺的商店街前，烧烤店的香味令人不停地吞咽口水。现实中我当然是乘京王地铁井之头线到终站，闻香而至的啦。好吃好逛当前，任谁都会失心疯地演上一段吧！“茶壶、土屋商店、日式吃茶店……鼎鼎大名的……松阪牛专卖店！”我内心正在敲锣打鼓。

①《孤独的美食家》是漫画改编的日剧，描述井之头这个中年男子独自发现东京附近美食的逗趣的心路历程。
② B 级美食，也就是非主流的美食。在日本就是除了传统的三大料理 —— 生鱼片、拉面、怀石料理外的乡土美食，据说有非常严格的评选方式。

SATOU 松阪牛专卖店：东京市民“最想住在这个餐厅旁边”票选第一名（资料来源《东京漫步》）
地址：1-8-1 Kichijoji Honcho, Musashin, Tokyo 180-0004, Japan

不见尽头的人龙，是准备入店用餐的队伍，别闹了吧，轮到我上场时应该已饿昏了。我当机立断，学起剧中井之头先生拟订美食作战计划，“先买个如优衣库般出名的和牛可乐饼垫垫肚子，然后坐上地铁挤回涉谷站内的人气寿司店，算算时间，胃里的食物消化得刚刚好，接着再享受晚餐。好，就这么办！”这计划果然奏效。

Midori 寿司：涉谷车站店

地址：Mark City East 4F, 1-12-3 Dogen-zaka, Shibuya-ku, Tokyo , Japan

网站：http://www.sushinomidori.co.jp

如果和牛可乐饼的性价比堪比优衣库，那么美登利的寿司就像是三宅一生的设计，所获得的品质享受，远远超过产品本身。特别是新鲜鱼肉上紧密的网格刀功，使得肉质的延展性变得更强更有弹性，再加上三宅褶皱（Pleats Please）也曾使用衣服寿司的创意作为广告画面，黄黑色的洋装握起来像是一个海胆寿司，橘红色的包包堆叠而成鲑鱼卵。饱餐下来好像有种美食跟时尚交手的错觉，我想这是孤独的美食家不会懂的心情。

餐后我打算去涉谷街头散步，夜晚的购物潮构成热闹的都市景象，电视墙播放着流行须知，百货商店到午夜前还有好多可买的。“哎，不逛快点不行啊。”默默告诉自己得再加快步行速度，跟上！结束在东京的一日虚晃。

第五节

任务：寻找川久保玲厚底鞋

我就是个爱现买现穿的人，而且一刻也不能忍。在东京的最后一天下午，我偏执地认为需要为那件在“三分之一”店里买的桌布洋装搭配一双鞋，否则就这么离开会心有不甘。“希望那是一双有高度的厚底鞋，看起来乖乖的像学生穿的那样的乐福鞋。”心里的欲望清单中这么写着。

网上追随了好几位国际时尚红人，看他们来东京都逛哪些地方，推敲着那里会不会有我的鞋。首先，我把范围设定在我喜爱的日本设计师三宅一生（Issey Miyake）、山本耀司（Yoji Yamamoto）、川久保玲（Comme des Garçsons）等，这些平时在欧美市场难以入手的天价品牌，在日本消费起来就平易近人许多了。接着也考虑为了平衡旅行的开销，若是能在价格更低的二手店找到，那么一切就太完美了。

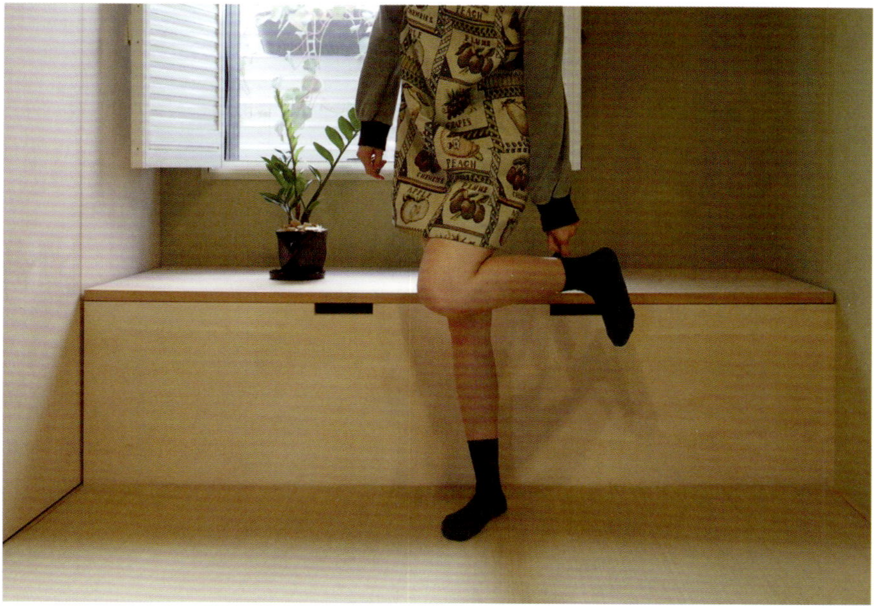

黄绿色桌布洋装：三分之一，独立设计师品牌，浅绿色短外套：Miss Sixty，松树绿金葱短袜：代官山小店

相信爱美的女生们都很能理解这种心情。没有一双合适的鞋，全身怎样搭都不舒服，永远没办法出门……而我对这双尚未谋面的鞋子，早已充满热情。从必须有到急需得到。今天，无论如何，都要把这双梦幻单品找到。

我就像是接到了一项重要的指令，寻找厚底鞋的任务就要开始。

跟着学生走准没错，我于是又回到了下北泽。这间名为 Flamingo①的二手店内商品琳琅满目，男女款式应有尽有，让喜欢中性风格的古着迷受惠不少。我开始在里面蠢蠢欲动，遇到看对眼的都拿起来试。正因为是古着，所以尺寸都偏小，又加上是日本尺码的关系，好看的鞋子更是连脚都塞不进去。天生欧美大脚的我，对于仅此一双别无分号的情况，只能摊手说遗憾。

① SSSHIN 有型观点：Flamingo 是间连锁的二手店，里面很多好物可淘，最推荐下北泽分店。

Flamingo 下北泽分店
地址：1F RiSe Hikaru Bldg, Shimokitazawa 2-25-12, Setagaya, Tokyo 155-0031, Japan
网站：http://www.tippirag.com / shopsyo_flamingo

头戴小画家帽子的店员非常热心，积极地想帮我解决鞋子问题。

“这双太老气了，这双我有类似的，这双很可爱，但有没有这种款式然后比较不可爱的？”我反而比较像一个难伺候的公主病患者，频频在鞋子里挑三拣四。

虽然人家脸上没有一丝不耐烦，可惜我没有太多时间，不然一定多换几双试试。任务尚在进行中，接着赶往下一间有可能的店铺。

来到各路时尚红人竖起大拇指推荐的名牌过季商店，RAGTAG①原宿店。因这里不仅仅贩卖商品，也提供收购二手衣服②的服务，令不少时尚爱好者趋之若鹜。一进门我只看到了大大的几个字 Comme des Garçons 就兴高采烈地奔过去，生怕慢一步货品会飞走。

① RAGTAG，名牌过季商店，在全日本有多间连锁店。其中大多数时尚人士推荐原宿店跟涉谷店，这里我来到的是位于原宿的分店，有大大的两层楼。

② SSSHIN 有型观点：收购二手衣是境外名牌过季商店很流行的做法。但要注意收购的价格跟品牌都有不同的限制，一般是在新品定价的二至四折，具体也要看物品保存状况。

近几年，能让我逛街逛到肾上腺素激增的状况不多了。面对一长排满满的二手衣，除了状况良好外，讶异的是连 Paper Doll 这样一件难求的经典系列服装，在这里都能找到。而且价格除了“合理”两个字外，我想不到更贴切的形容词。其他能细数的日本及欧美设计师的作品，按品牌、款式完整陈列，专业的程度堪称“世界最棒”一点也不夸张。

RAGTAG 原宿分店
地址：6-14-2 jingumae, Shibuya-ku, Tokyo, Japan
网站：http://www.ragtag.jp/english/harajuku.html

何其幸运的是，在日本尺寸 24 号的鞋类分区中，我邂逅了心目中的鞋款，正正当当的川久保玲黑色厚底乐福鞋，并同时买了来自里美火（Limi Feu）的金色玛丽珍鞋。这两双绝美的梦幻单品，价格总和不及我看到的任何一双新款的三分之一。双脚套进去试穿的瞬间，我真的有一种完成任务的成就感。完美地结束了我在东京的旅行，虽然我常常想着什么时候再回去。

第六章

冬季系列
纽约

第一节
安妮·霍尔和她的曼哈顿

第二节
跟拍洛尔·阿什伯里一天

第三节
时尚圈新势力：帕森斯时尚学院艺术硕士

第四节
奥伦纳素：明星级的纽约生活

第五节
我心纽约

第一节

安妮·霍尔和她的曼哈顿

在纽约，紧跟时尚的脚步不易。流行跟季节变化一样，说换季就换季。

低温的曼哈顿街头有露脐装配羊毛长大衣，冬天应该怎么穿，纽约客才不过度分析，他们搭配就凭感觉。硬是要定义的话，“洋葱式”的造型是长假期间最受欢迎的。其实，就只是多穿几件保暖而已。

真实的纽约，不是《欲望城市》的剧情，女主角的现实生活应该除了卡债以外，还有脚趾外翻的毛病吧。我就有从凯莉[1]转型安妮·霍尔的经历，在这个不怎么需要睡眠的城市里，一切都变化得太快，被生活抛起再重重地丢下，我开始懂得做自己。

①凯莉，美剧《欲望都市》中的女主角。

中央车站：我喜欢大厅的时钟，离纽约的家最近的著名景点
地址：89 E 42nd St, New York, NY 10017，USA

说起伍迪·艾伦的这部电影，真正明白是长大以后的事。神经质的对白，不需要过度分析的恋爱关系，我明白后马上喜欢上了安妮·霍尔的个性。

费力的思考逻辑跟穿衣风格在纽约都不可取，女人味的长裙外叠加一件驼色风衣，然后，再叠加一件绅士味道的羊毛长大衣，黑色的皮靴皮手套，再把长发率性地塞进高领。

渐渐地我也养成了自己的个性。用不着跟着欲望逛第五大道，懂得在跳蚤市场砍价，然后就着河景吞下昨晚的打包饭菜当午餐。

维斯酒店：我喜欢的酒店 | 地址：80 Wythe Ave, Brooklyn, NY 11249, USA，
网站：http://wythehotel.com

5POINTZ：我喜欢的纽约皇后区世界知名的涂鸦朝圣地（已于 2013 年 11 月拆除，仅以此照片纪念）
网站：http://5ptz.com

有几间每个月必须巡礼的二手店，还要先上网络比价钱，再决定要不要刷地铁票逛过去。知道哪里有免费的洗手间，习惯街角有尿骚味。我开始不需要特别顾及形象，不喜欢就说出来，很多事情见怪不怪。

“La-dee-da, la-dee-da[1]” 生活不就是这样吗?

① La-dee-da, la-dee-da 是伍迪 · 艾伦电影《安妮 · 霍尔》中女主角常说的口头禅，意为“生活不就是这样吗？”

曼哈顿大桥：在纽约，我最喜欢的一座桥。这条街刚好可以从布鲁克林望见帝国大厦坐落在桥墩的中间

纽约客冷漠吧？没有人情味？也有人解读是因为赶时间。我不这么认为。

我觉得是因为过度专注做自己，无暇顾及他人吧。但只要遇到喜欢的，纽约客即使是在赶绿灯过马路，也会大声说出我喜欢你的衣服，甚至有的还会自备相机摄影。

拉法耶特：我喜欢的咖啡馆
地址：380 Lafayette St, New York, NY 10012
网站：http://lafayetteny.com

驼色风衣：vintage，绅士风黑色羊毛长大衣：独立设计师品牌热水，黑色长裙：Carin Wester，黑色皮靴：Bally

洛尔 · 阿什伯里（Lord Ashbury）：街头时尚的记录者

第二节

跟拍洛尔 · 阿什伯里一天

没有太多华丽的虚饰，就是很单纯地喜欢记录街头有型的生活态度。辛巴拉谢 · 茶（Simbarashe Cha）是他的本名，也是镜头后按下快门的主使者。不论我旅行在纽约、巴黎或者其他时尚城市，只要有潮男型女聚集之处，就常常能看见他 。

几年前刚认识他的时候，他还没成为摄影师。只觉得他皮肤黝黑、身材高瘦，印象中好像曾经当过模特，也写过小说。跟我一样容易好奇，喜欢聊艺术相关的人和事。总之，就是一个有趣但不常联络的朋友。一段时间我们只靠着点“赞”保持联络，有时在彼此的网站上互相观摩，他的影像作品有种我欣赏的复古浅色调，画面总是能抓到人与人互动时那个情绪最丰富的瞬间。

再见面，他有了新的相机、新的名头，也有了为数不少的追随者。

Lord Ashbury 的时尚网站：www.lordashbury.com

对他从零开始、自学而来的摄影技巧，我感到相当好奇。于是决定在纽约时，跟拍他一天的工作，一解街头纪实时尚摄影师这职业背后究竟是怎么样一回事。辛巴拉谢跟我约在纽约下城区的某街角，他从石头路远处朝我走来。“你刚到？”我问。“我已经先在附近捕到一些猎物。”他当然指的是捕摄到潮人这件事。

嘴角上扬，他示意要我跟上他这一天的工作进度。“基本上，先绕着苏活区的这几条平行的巷子兜走，然后再转战西村，最后的终点在雀儿喜。”

他很有条理地叙述着即将进行的拍摄地图。我都还来不及点头，辛巴拉谢已经尾随着杰瑞米·斯科特(Jeremy Scott)的翅膀球鞋走到下一条街。

当红设计师 Jeremy Scott 和 Adidas 联名款的翅膀球鞋（笔记：街拍重点！）

潮人一号

姓名：来不及记录，拍摄地点：苏活区，重点单品：购自巴黎玛黑区的二手条纹毛衣

经过短暂交涉，开拍。我则在一旁按下快门记录着，先从指导被拍摄者站的位子开始，要如何自然地摆拍，拿出随身携带的笔记本，确实记下姓名及拍摄地点，还有身上什么行头是哪个牌子等等的一套标准流程。

辛巴拉谢招牌 90° 鞠躬拍摄

辛巴拉谢：“你好，可以让我拍张照吗？”

潮人二号：“好……不过你会后期处理吧……”

辛巴拉谢：“你的笑容很美，不用修饰。”

辛巴拉谢：“你好，可以让我拍张照吗？我喜欢你们坐在这里聊天的样子。你的皮衣是什么牌子？”

潮人三号：“拍吧！皮衣是前年冬天在 All Saints 买的。”

辛巴拉谢：“酷，假装没有相机，给我一个最自然的表情。”

潮人二号

姓名：Lauren-Jo

拍摄地点：苏活区

重点单品：笑容

潮人三号、四号

姓名：Suzanne & Mike

拍摄地点：苏活区

重点单品：皮衣、聊天的样子

潮人三号：“哈，照片会在哪里刊出？”

辛巴拉谢：“洛尔·阿什伯里网站，很棒的，我保证。”

绕过几次相同的街角，我开始渐渐抓住辛巴拉谢的拍摄逻辑。首先，要很快地扫描街上的行人，果断地决定拍摄目标然后开始尾随（当然不是很邪恶的那种），经过大约两条街后必须要向前表明来意，整个拍摄过程必须在三五分钟内完成。通常被拒的几率是百分之五十，当然也跟在不同城市而有所不同。他告诉我，每天都需要保持拍摄进度，这是一个很重视时效的工作。一天花四个小时拍摄、四个小时处理照片、四个小时上传发文、四个小时收发邮件，剩下的时间才是自己的，最后再加上少于四个小时的睡眠。每季跑四大时装周更疯狂，不过那又是另外的故事了。

潮人五号

姓名：Natalie

拍摄地点：苏活区

重点单品：孔雀蓝连帽大衣

辛巴拉谢相机中的我

我感觉这是一份靠热情支撑的职业，也可能是大多数人不能理解的工作。辛巴拉谢简单回答我， 就是喜欢帮人拍照，不怕被拒绝，如此而已。

他指着手机的屏幕上最难忘的一场秀，2013 春夏的时装周，第一次挤进伦敦的秀场内拍摄 Tata-Naka 这个新锐设计师品牌。他告诉我如何从没有邀请函被挡在门外的新人，到争取到品牌公关邀约拍摄，第一次看见自己的作品在法国时尚杂志 *Eclectic* 上刊登，进而成为包括鳄鱼 (Lacoste)、公主婀娜 (Nanetee Lepore) 等知名设计师品牌青睐的摄影师，随后媒体合作机会接踵而来。

“I'm not in the business to beautify people, I just record who they are.”[1]辛巴拉谢说。

“如何让机会找上你，你觉得你的秘诀是什么? ”我问。“嗯，不要忘记最初喜欢拍照的自己。还有对人和蔼……”这不易累积的过程，从他平铺直叙的语气中，我能感受到很多坚持，很多努力。结束一天的跟拍，我们相约下次再见，可能在上海、东京，或是其他时尚城市。“你看上去很棒！ ”他挥手说。

① “我不擅长修图美化人们，我热衷于呈现出他们最自然的模样。”

第三节

时尚圈新势力：帕森斯时尚学院艺术硕士

几年前在我还是帕森斯时尚学院（Parsons Fashion）学生的时候，当时的我从没想过，随后这所时尚院校里即将诞生的是王大仁、吴季纲这样在时尚圈举足轻重的重要人物。

再度引起我关注的是帕森斯时尚学院在 2012 年宣布成立服装设计艺术硕士 (MFA) 的时候（全美第一个提供服装设计硕士学位的课程）。名为时尚设计与社会文化专业（Fashion Design and Society），邀请业界重量级的师资阵容，而录取的学生们，都是来自一流服装设计专业，如清华大学的佼佼者。随着几个季度过去，不难看见这硕士班课程培育出的多位华裔新秀，逐渐在纽约时装周或国际时尚盛事中崭露头角。

总监教授谢莉·福克斯（Shelley Fox）正在检视二年级研究生的作品

对于这股不容忽视的新势力，我抱持着好奇与憧憬回到纽约校园，按约定来场深度交流，期待邂逅下一个明日之星。

电梯上楼，我正式进入新锐服装设计师的孵化基地。总监教授谢莉·福克斯（Shelley Fox）正在检视二年级研究生的作品，逐一地检视是每隔几天必要的例行公事。

“对于目前时尚圈华裔设计师当道的现象，请问你怎么看？”我开始发问。

谢莉严肃的脸上转而露出笑容：“如同我在帕森斯网站上提到的，这个学校或者我们说的时尚产业吧，主要在创造‘有创意的人’，这些人必须是更具想法的思考者，总是能把更大的目标摆在第一位。相对地，机会也会留给这一类人。先不论商业市场东移的大环境，我的课上有许多华裔学生，他们懂这个思考逻辑并善用先天、后天的优势，加倍努力、目标确定，期许自己能成为这一类人，我乐观其成。”

正在为半年后的毕业系列作准备，倚着工作桌调整作品跟我对话的是徐隆：“我的设计强调‘转化’这个概念。将二维的面料编织成三维的造型，然后再将三维的编织成品压扁回二维。墙上这些是我目前实验的结果。”

“看起来你的创作过程包含大量结构，这是从何而来的灵感啊？”我往下问。

“第一年我们有堂课是‘与柯林合作的项目（Kering Project）’，模拟为大品牌设计项目。我当时抽到了古驰（Gucci），曾红极一时的竹子手把潮包给我较深的印象。这包用竹子作设计，是关心当时经济议题，加上竹子是很东方的元素，我决定选择这个素材开始发挥。我有工业设计的背景，想法总是比较立体，在研究过各式各样竹子造型后，于是有了结构性强的设计。”徐隆答道。

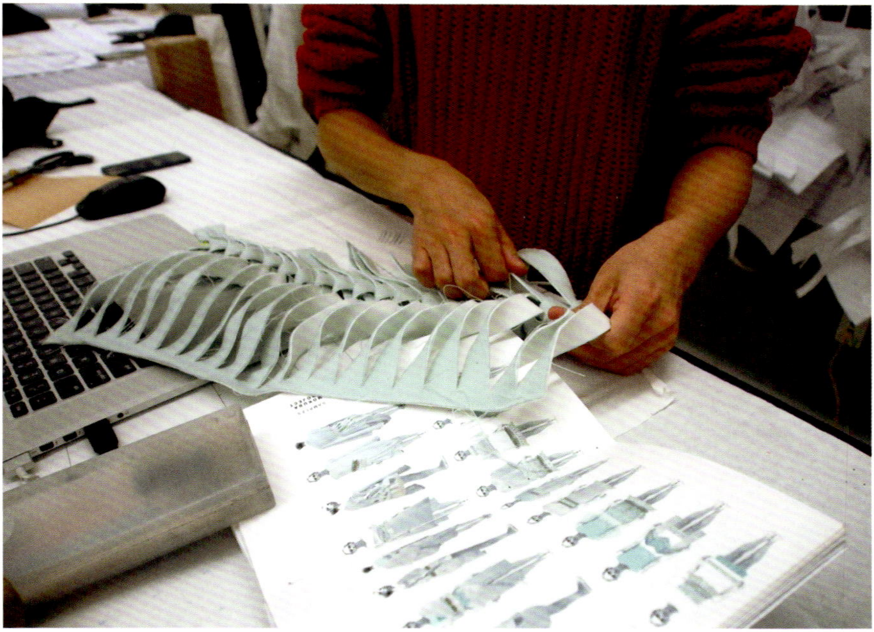

服装设计师：徐隆（Long Xu）

背景：清华大学服装设计专业、帕森斯时尚设计与社会文化专业

研究生二年级

设计师网站：Looooong.com

“很有趣！你提到学校课程，在帕森斯时尚学院和清华大学学习的过程中你认为有什么不同？”接着我问。

徐隆诚实地回复道：“还没出国前觉得境外好自由，实际体会后我觉得恰恰相反。时尚设计与社会文化专业的课程，首先要让学生们找到自己，然后所有的课程是为了最后的毕业系列作准备。在这里没有自己的定位就无法开展下去，同时提案的方式也跟境内不同，相对更符合实际也更专业。”

“这样专业的课程，困难吗？”看着徐隆的笑容我问道。

“困难对我而言是件好事。我觉得只要搞清楚自己要什么，老师们都会尽力帮助我。特别是我从同学身上学到很多，像我们班有 15 个人，都是从世界顶尖学校毕业的，看到同学优秀的创作，我们会互相观摩，例如我会观摩学习跟我一样从清华毕业到这里的思思（Sisi）的作品……”

坐在离徐隆不远处的是有扎实绘画实力的思思，我接着采访思思：“你的作品看起来很像以花卉为主题的画作，是什么样的概念？”

“我是清华美术跟服装设计出身，曾经在芝加哥艺术学院学习纯艺术（fine art），手绘对我的作品影响很大。我利用多次复制（Reproduction）的方式，将各种真假虚实的花卉结合在一起重新诠释，桌上是我收集的花，以绘图、刺绣、假花、黏土等不同的方式呈现。”

服装设计师：刘思思（Sisi Liu）
背景：清华大学服装设计专业、帕森斯时尚设计与社会文化专业 研究生二年级

“在帕森斯时尚学院影响你创作最深的一堂课是什么？”我深入问。

思思想了想回答：“是一堂跟日本缎带供应商木马（Makuba）合作的课程，在学习的过程中，我得到跟该公司合作的机会，你可以看到我在墙上的样品使用到缎带。我随后会把这些元素运用到款式上，类似从平面画作延伸出的呈现方式。最终系列希望可以像从这个课程毕业的前辈的作品一样，受邀参加国际比赛。”

华嘉（Huajia） 就是我所认识的第一位从帕森斯时尚设计与社会文化专业硕士班毕业的独立设计师，所创的同名品牌 Huajia Studio 在 2013 年曾入围 H&M 新锐设计师大赏。运动风见长的款式结合细致却前卫的面料，是我第一眼就喜欢上的设计。

白色透明背心：Topshop，深蓝透明外套：Monki，金色编织短裤：Huajia Studio，iPad 中的照片为我于纽约时装周接受《纽约时报》采访时所摄

服装设计师华嘉创立同名品牌 Huajia Studio
背景：清华大学服装设计专业、帕森斯时尚设计与社会文化专业首届毕业生
品牌网站：http://www.huajiastudio.com

我好奇提问："从帕森斯时尚学院拿到艺术硕士再到创立同名品牌，是一个什么样的过程？"

"简单来说就是要能很清楚地把更大的目标摆在第一位的过程。"华嘉回答。

我再问："毕业后实际操作品牌，你目前面临着怎样的转变？"

华嘉说："以前在帕森斯的时候寻找自我品牌定位，真的建立后接触到的是实际面。我的设计特色主要建构在面料细节与款式的完美结合上，这让我必须很现实地克服生产制作方面的问题。"

Huajia Studio 品牌 2014 秋冬系列

我不得不信服这个课程的确如总监教授所说的：能培养出设计师超越年龄的独立思考能力，在接触时尚业界的过程中，摸索、跌倒、渐渐累积不断爬起的次数，不容质疑地往自己的方向走。记得华嘉曾跟我分享过为了参加国际比赛彻夜准备的经过，听不出辛苦埋怨，只有不断释放出在年轻身躯里酝酿着的急待爆发的无限潜力。

“时尚学院里有种混合着面料跟机器气味的会令人兴奋的味道。”在提问结束后，我跟时尚学院院长这么说。期待帕森斯时尚学院艺术硕士新秀们在时尚圈中的表现， 明日之星将在这里诞生，我乐观其成。

帕森斯时尚设计与社会文化硕士课程

学校地址：Parsons The New School for Design

2 West 13th Street, 6F，new york NY10011,USA

申请网站：http://www.newschool.edu/parsons/mfa-fashion-design-society/

第四节

奥伦纳素：明星级的纽约生活

生活在“少见多怪，多见不怪”的纽约，时尚节奏感拍打着光鲜亮丽的每一天。在电影场景的街角店里遇到那个刚结束拍摄的女明星，跟其他人一样需要补充咖啡因，比邻而坐的同时点头打声招呼。接着戴上墨镜喊了一辆黄色出租车，赶时间就像跟青春赛跑似的，朝顶级护肤机构迅速前进。

奥伦纳素（Erno Laszlo）的护肤机构原位于第五大道上，后搬迁到现今苏活区以旗舰店的形式重新开幕。这个玛丽莲·梦露一生唯一一个代言过的品牌，是在 1927 年由奥伦纳素博士（Dr Laszlo）所创立，身为当时美国第一夫人杰奎琳·肯尼迪的皮肤顾问，奥伦纳素博士首创保养品结合皮肤医学的疗程，至今仍受到众多好莱坞当红明星们（男女都有）的推崇。奥黛丽·赫本曾告诉媒体，其保养秘方一半来自母亲，而另一半就是来自奥伦纳素，更不用说还有多少追求美丽的女人们，将这品牌视为生活的一部分。

VIP 客人下了车，由专属的楼梯进入奥伦纳素旗舰店里。首先，跃入眼帘的是一座由两万个水晶灯泡组成的巨型灯柱，贯穿三层楼的旋转楼梯，无疑是条高雅华丽的星光大道。所在的这层陈列着齐全产品。

第一层是令人驻足逗留的产品展示空间，奥伦纳素护肤机构
地址：382 W Broadway, New York，NY 10012, USA
网站：http://www.ernolaszlo.com/institute/

奥伦纳素的 CEO
罗谢勒·魏茨纳（Rochelle Weitzner）女士

半挑高的第二层是小型的艺术品展览区兼作会议室用途。像极了时尚杂志里会出现的场景，中世纪的茶几沙发，落地墙面上播放着黑白老电影，试图重现奥伦纳素生前被镁光灯追逐、名媛贵妇争相问诊的 1950 年代。

墙上为何会有那么多时钟呢？”

“那是因为奥伦纳素博士强调‘时钟美容’的重要性。而奥伦纳素的产品，就是以 24 小时为单位，更细致地区分不同肤质，结合两种以上产品，计算出一套精密的日夜护肤计划。你应该听过他最有名的泼水洗脸法（Water Splashing）理论，接下来的疗程中可以尝试看看。”CEO 罗谢勒·魏茨纳说着便请 VIP 客人下楼尝试。

由美容师接手，领着 VIP 客人由旋转楼梯来到最底层，在进入会员专属的护肤室前，详加询问个人肤质并讲解“泼水洗脸法”的正确步骤。

“打开水龙头调整至温水，留八分的水在洗脸池中。接着拿出奥伦纳素传奇的黑色洁面皂（Sea Mud Deep Cleansing Bar，电影《安妮·霍尔》里有出现），放入温水里画圈，随后将肥皂直接放在手心上搓揉起泡后揉在双颊上。最重要的步骤来了！双手舀起温水往脸上泼洗，连续 20 次。最后重新装干净的温水，往脸上再泼洗 10 次，整个步骤完成。一天早晚两回使用泼水洗脸法，就是众多明星保养的秘密喔！”

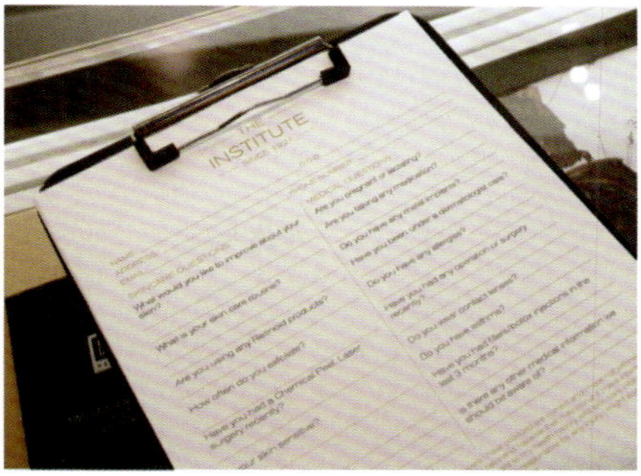

奥伦纳素专业研究团队针对不同肤质研发出的“逆龄奇迹（Nutrition Boosting Super Serums）”，放置冷冻柜中以低温严格保存

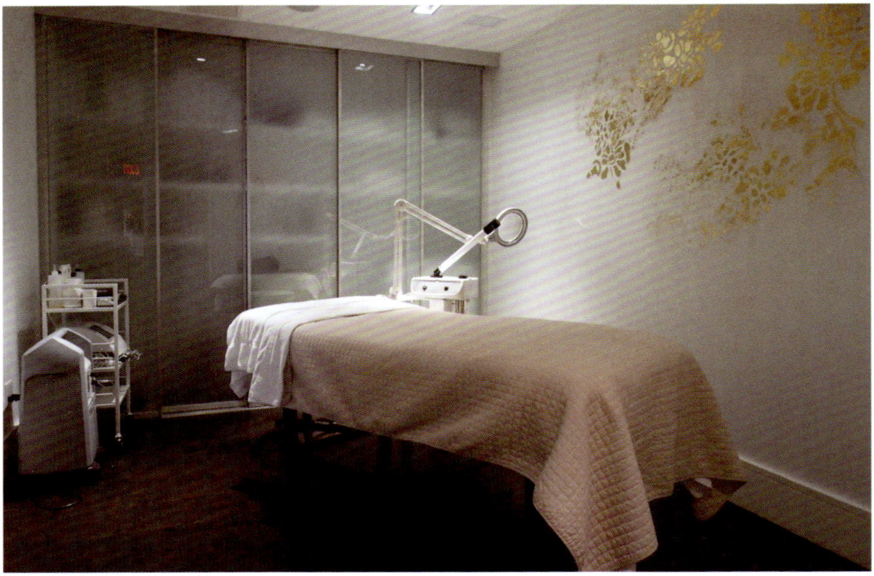

紧接着是针对个人肤质的 75 分钟护肤疗程。

“针对亚洲肤质冬天容易干燥的 T 字部位加强保湿、除掉黑头粉刺，敷上奥伦纳素另一个明星产品水疗冰白面膜（Hydra Therapy Skin Vitality Treatment），擦上梦露最爱的豆腐霜升级版（Phormula 3-9 Repair Balm）……”美容师语气轻柔地提示。

“这是什么工具？为什么会有冷空气？”美容床上传出疑问句。

“这是氧气，帮助修复脸部肌肤。”伴随着同样轻柔的手法解释道。

在几次濒临睡眠边缘的神游后，我做明星梦的幻想也告一段落。

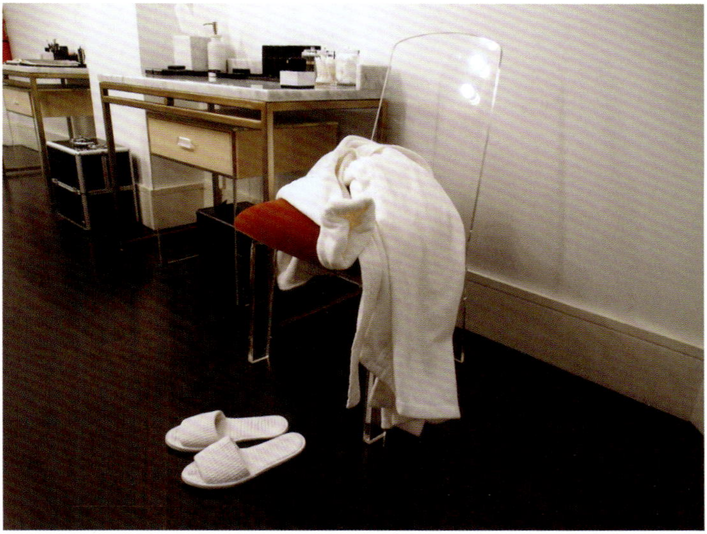

奥伦纳素专柜：上海久光百货及其他专柜

天猫官方旗舰店 : http://ernolaszlo.tmall.com

白色内搭 T 恤：vintage，芥末色蓝格子西装外套：vintage，松树绿烟管长裤：Zara，
厚底双色牛津鞋：Prada

直到换下浴袍拖鞋，踏上红色楼梯回到地面，我好像才真正意识到，这个女明星、VIP 客人并不是我。

但任何事情在纽约都有可能发生！比如有机会能体验明星级的纽约生活。我一张素颜泛着 LaszloGlow[1]，穿梭在时尚潮人聚集的苏活区。奥伦纳素给足了的面子与自信，我决定随身带着走。

① LaszloGlow：奥伦纳素博士的专用名词，形容使用过奥伦纳素产品的女人们脸上增添的美丽光彩，事实证明，真的不错。

第五节

我心纽约

“当你在纽约待超过十年，才可以正式称呼自己为纽约客。”不仅凯莉在影集里如是说，身边的老纽约也是这么告诉我的。

随着天气降温，圣诞节又来临，从曼哈顿城中的公寓看出去，是我在纽约等待的第十场初雪，嘿，恭喜我成为纽约客！事实上，我对这头衔并没有太大感觉，只是明显地觉得，自己不能像初到这个城市那样不需要睡眠。的确，我竟几乎把整段的二十几岁，都花在跟这城市相处上面，从认为她非常危险到非常安全，即便生活中还有很多糟心事可以抱怨。但我对纽约，多了一份归属感。

中央公园弓桥

网站：http://www.centralparknyc.org/things-to-see-and-do/attractions/bow-bridge.html

特别是近一年出门在外，最怀念就是纽约的床。每当飞机降落在肯尼迪机场，海关在护照上盖章的瞬间会加一句：“欢迎回来！”都会让我对在这座城市的生活，重新充满希望。这座城市还没有令我感到厌倦啊，她顶多让人觉得渺小、觉得糟糕透了，却从未失望。

“我可以轻易地讨厌其他城市，但永远无法不爱纽约。”

跟其他我所到过的时尚城市相比，纽约没有巴黎的味道、上海的惊喜、东京的整齐，也不可能有奈良的纯天然跟台南无法取代的故乡情感。但这城市有种说不出的魅力，不停地蜕变、最好跟最坏有着并存的无限可能。

我曾在上西区的餐厅里喝威士忌听伍迪·艾伦演奏黑管，像场电影；也曾住过布鲁克林的漏水公寓，万圣节那天暖气管爆裂。曾有老板对我说“今天是你在公司的最后一天，很抱歉”，也曾举行第一场在纽约当业余主唱的演唱会……也创造出自己的“有型观点”网站。

纽约客把随性当有型。自我感觉超良好，红配绿不怕被侧目，同时不吝赞美路人穿搭甚至还跟拍（听说现在连穿球鞋都能去夜店了）。时尚学院的毕业生接连成为超级名牌的创意总监，只要有钱，人人都可以到巨星专属的沙龙做脸。

FISH SHACK

WINE SHOP
LIQUORS
N7 MARKET
RIANS
DIRECTED
TO USE OPPOSITE
SIDEWALK.
SIDEWALK
GRAPH RABBIT
DORIT CHRYSLER
SOEN
Gay
BP

粉色格子上衣：独立设计师品牌热水，粉色格子及膝裙：vintage，咖啡色毛毛手套：Zara，黑色长皮靴：Opening Ceremony

“If I can make it there, I'll make it anywhere. It's up to you, New York, New York!” 我记得十年前第一次在洋基球场看球，散场的歌曲唱到这句，当时有头皮发麻的感觉，到现在还很清晰。

经过十年，我不确定是否真能在其他地方保持纽约客的个性，继续闯荡下去。但成事在自己这点，历经纽约以后，我举双手完全同意。

纽约客酒店
地址：481 8th Ave, New York, NY 10001, USA
网站：http://www.newyorkerhotel.com

世界贸易中心一号大楼
地址：285 Fulton St, New York, NY 10006, USA

洛克菲勒中心 —— 圣诞树，每年十二月点灯
网站：http://www.rockefellercenter.com / whats-happening

“随着时间推移，年龄增长的是自己，只有纽约还依然年轻。”

十年，该是时候作改变！于是我计划了这场说走就走的旅行，深度走访了很多地方，一趟就是一整年。处在不同的城市学习独立，用我的纽约客直觉，发现时尚的线索，享受生活自由的状态，去看去感受去学习。

得到的是更强烈的纽约情结：纽约是我最爱的城市毋庸置疑。只不过纽约客永远不满足现状，永远都在寻找，下一个新的纽约。

这张照片拍摄于 12 月 31 号，在我纽约公寓楼下的披萨店

帝国大厦灯光秀

地址：350 5th Ave, New York, NY 10118, USA

网站：http://www.esbnyc.com/explore

一时之间我还意会不过来，在这座岛上度过了第几个圣诞节。在这里所经历的美好、不堪、挫折与成长，“纽约客”这头衔将变成我所扮演的安妮·霍尔的影子，跟着我一个人的时尚旅行，离开再回来。

后记

“一个人”的时尚旅行

旅行的感觉通常在我往来机场的路上变得很强烈，而情绪的高点则是在写下后记的今天。我回顾过去的一年里，一个人的时尚旅行，在不同的城市里生活，从微微抗拒到任由城市将我塑形，串连起来就像一部自导自演的电影。而女主角是我所扮演的，符合这六个城市的六种角色。

演着喜欢粉色系的乖乖牌、一位傲慢的美丽女人、容易讶异充满惊喜的少女，或者就只是做自己。想办法适应独立，不完全顺利也习惯扛重的东西，虽然很多时候自我放逐，却玩得很开心。我觉得我充足电了，准备好接受更多来自现实的挑战。噢，为了避免你好奇，这本书里的所有照片，八成是我（设定脚架）自拍的，两成则要感谢旅途中遇到的亲友路人（就不多说那张我在巴黎铁塔前跳跃不下一百次才成功的自拍照啦）。希望你跟着我的时尚旅行，也找到为自己做决定的勇气。

图书在版编目（CIP）数据
一个人的时尚旅行 / 黄诗茵著 . -- 上海 : 上海译文出版社 , 2016.7
ISBN 978-7-5327-7254-4
Ⅰ . ①一… Ⅱ . ①黄… Ⅲ . ①游记－作品集－中国－当代 Ⅳ . ① I267.4
中国版本图书馆 CIP 数据核字 (2016) 第 067038 号

Shin Huang
Travel Lookbook

一个人的时尚旅行
黄诗茵 著

责任编辑 / 徐 珏　美术编辑 / 胡枫
装帧设计 / 张桂凤　封面摄影 / Eric Kvatek
上海世纪出版股份有限公司
译文出版社出版
网址：www.yiwen.com.cn
上海世纪出版股份有限公司发行中心发行
20001　上海福建中路 193 号　www.ewen.co
浙江新华数码印务有限公司印刷

开本 890 × 1240　1/32　印张 7.5　字数 32,000
2016 年 7 月第 1 版　2016 年 7 月第 1 次印刷
印数：0,001–6,000 册
ISBN978-7-5327-7254-4/I · 4413
定价：58.00 元